LES TRAVAUX

ET

LES JOURS

D'HÉSIODE

TRADUITS DU GREC EN VERS FRANÇAIS

PARIS

LIBRAIRIE DE L. HACHETTE ET Cie

BOULEVARD SAINT-GERMAIN, N° 77

1868

LES TRAVAUX

ET

LES JOURS

D'HÉSIODE

PARIS. — IMPRIMERIE DE CH. LAHURE ET Cie
Rue de Fleurus, 9

LES TRAVAUX

ET

LES JOURS

D'HÉSIODE

TRADUITS DU GREC EN VERS FRANÇAIS

PARIS

LIBRAIRIE DE L. HACHETTE ET Cie

BOULEVARD SAINT-GERMAIN, N° 77

1863

AVANT-PROPOS.

Ce petit livre n'est pas une œuvre de longue haleine, c'est, cependant, le fruit du travail et du temps : commencé dans ces jours de ferveur qui suivent les études de la jeunesse, suspendu dans ceux où la profession impose des devoirs qui demandent presque toute la vie, et repris dans ces moments où, pour la plupart, nous aimons à nous distraire de ses épreuves par le culte des lettres, comme une œuvre posthume, il voit le jour sans avoir jamais osé y compter. Il peut, tout au plus, grâce à son sujet, piquer la curiosité ou éveiller l'intérêt des érudits; c'est assez dire qu'il n'était attendu de personne et qu'il ne répond à d'autre besoin qu'à celui de l'auteur. Néanmoins, il ne faudrait pas trop se presser d'en tirer la conclusion qu'alors même que celui-ci eût été assez heureusement doué pour y déposer quelque chose qui ressemblât à du talent, il n'eût pas eu quelque droit à l'indulgente attention du public. Hésiode a sa place marquée parmi les poëtes dont l'antiquité a consacré les noms par la gloire, et dont elle nous a transmis les œuvres comme les pièces justificatives de ses arrêts; moins grand de beaucoup qu'Homère, après lequel elle ne dédaigne point de le nommer, il ne s'efface pas complétement cependant en se plaçant à côté de lui; enfin, ce qui ne l'abaisse point, c'est que Virgile, qui emprunte à tous deux en les prenant pour modèles, montre encore assez ce qu'il vaut en le dépassant. Rendre, sans trop la défigurer, celle des œuvres de ce poëte où se trouve le plus profondément empreinte la marque propre de son génie devrait donc être un titre à la bienveillance, dans une voie et dans un genre d'études où il se rencontre peut-être aussi peu d'esprits résolus à entreprendre que de gens disposés à encourager.

Si Hésiode ne peut être classé parmi les poëtes du premier ordre, il faut reconnaître qu'il vient au premier rang du second ; c'est la place que les critiques lui ont assignée dans l'antiquité et qu'ils s'accordent encore à lui conserver dans les temps modernes; pour peu qu'on se rappelle que le fleuri ou le tempéré est un moyen terme entre le sublime et le simple, on aura trouvé dans le domaine de l'esprit le champ où il reconnaît peu d'égaux et peut servir de modèle. Il ne brille ni par la science ni par les artifices de la composition; mais il a pour lui l'intérêt d'une imagination souvent sérieuse, plus souvent riante et douce, et les charmes d'un style où respirent la grâce et la facilité : le vers coule sans effort de sa veine, mais il en coule avec mesure et sobriété; lui-même il imite la nature, il répand les fleurs; mais, comme elle aussi, pour étaler sa richesse, il n'a pas besoin de la profusion, et si d'un trait il peut montrer un objet, il n'en emploie pas davantage pour le peindre. En choisissant un sujet, il ne se préoccupe ni de dresser son plan ni de distribuer sa matière. De son temps, la poésie ne s'était probablement pas assujettie à d'autres règles qu'à celles du mètre. L'art n'avait pas encore inventé pour elle les genres et créé les classifications; et, cependant, d'elle-même elle savait déjà distinguer entre le récit et la déduction, et, suivant qu'elle voulait intéresser et distraire, ou enseigner et servir, revêtir avec éclat la forme épique, ou prendre avec calme les allures didactiques. Mais n'était-elle pas tout au moment où Hésiode l'a reçue, et, quand il l'a quittée, la parole humaine descendait-elle déjà à la prose pour se fixer sur des tablettes ou se transmettre par la tradition? On serait tenté de croire à l'un comme de douter de l'autre, lorsqu'on réfléchit à la variété infinie des sujets auxquels il a touché, et qu'on étudie dans le peu qui nous est venu de lui la manière dont il les a traités; si tout cela appartient par sa nature à la poésie et doit lui rester sans partage, on ne voit pas où, à moins d'usurper, la prose aurait pu établir son domaine.

Quand Hésiode est venu, les poëtes étaient encore les seuls représentants de la littérature, ou plutôt ils la composaient tout entière; à part ce public, qui se réduisait au nombre nécessairement restreint des auditeurs que le hasard plutôt que le culte des choses de l'esprit réunissait autour d'eux pour les écouter, et que leur mission et leur but étaient bien moins peut-être d'instruire que de distraire et de charmer, ils y étaient tout et y parlaient de tout : chantres, chroniqueurs, philosophes, théologiens, organes et dépositaires de l'art, de la science et de la tradition, ils allaient de ville en ville, d'un pays à un autre, s'asseyaient au banquet de l'homme opulent, figuraient dans les solennités ou se produisaient dans ces luttes du talent qu'ouvraient quelquefois entre eux des âmes éprises d'une ardeur plus vive pour le beau comme pour le bien, y chantaient les dieux et les héros, racontaient aux enfants les exploits de leurs pères, enseignaient la sagesse en rappelant les leçons et les maximes sorties de l'expérience de tous, et éveillaient dans tous les cœurs, au contact de leur propre enthousiasme, l'amour de la gloire par des exemples qui avaient provoqué l'admiration. Longtemps la mémoire des hommes se chargea seule de conserver leurs œuvres en les transmettant de génération en génération; jusque-là elle ne s'était prêtée à recueillir que les choses qui avaient frappé les imaginations par les charmes du rhythme, l'éclat ou la grandeur des images; il semble qu'elles perdirent de leur prestige une fois qu'il fut possible de les fixer sur des tablettes ou le parchemin, et que l'œil put contempler froidement ce que le rapsode n'eut plus besoin de faire entendre à l'oreille, afin de le faire entrer dans l'esprit; en dispensant désormais la mémoire de tant d'efforts pour les retenir, l'écriture ne réserva pas exclusivement pour les conserver les seuls fruits d'une composition lente et pénible, et, en donnant du corps à la parole, elle lui permit de se contenter le plus souvent de la prose pour multiplier ses usages et étendre son domaine.

Hésiode paraît résumer en lui tous ces rôles divers que la naïve admiration des hommes invitait les poëtes à jouer dans une société où la civilisation véritable, déjà montrée dans sa fleur, commençait à s'épanouir par la culture des esprits. Il n'a rien ignoré de tout ce qu'on pouvait savoir de son temps, il a demandé des inspirations à presque toutes les muses, et, lorsqu'il raconte aux générations au milieu desquelles il a vécu tout ce qu'il a vu ou tout ce qu'il a appris, il fait résonner sa lyre pour les arts et pour la sagesse comme pour les héros et pour les dieux. C'est le rapsode, que l'homme opulent convie à ses banquets, pour y charmer par les accents de la muse les esprits déjà réjouis par les parfums des fleurs et échauffés par les fumets des chairs et des vins; c'est le poëte, qui paraît dans les combats ouverts sur la tombe des personnages illustres, pour y disputer, en chantant la goire, la palme à des rivaux; c'est aussi le sage qui a appris la sagesse en vivant parmi les hommes, ou le laboureur qui a fait de l'agriculture une science, en réfléchissant sur ce qu'il a observé dans la culture de ses champs; c'est enfin le prêtre, qui a vieilli au service des autels, et qui remonte à l'origine des choses pour révéler les secrets de la naissance des dieux, et raconter les exploits de ces héros qui vivaient pour ainsi dire dans leur familiarité, aux premiers jours du monde. C'est ainsi que l'a compris et que l'a interprété dans celle de ses compositions où respire peut-être avec le plus de vérité la simplicité antique [1], l'homme infatigable qui, après avoir donné Homère à notre langue, a voulu l'enrichir encore de ce qui, dans Hésiode, pouvait nous offrir l'idée la plus exacte de son génie, l'a mis en scène lui-même pour lui faire parler le langage de notre poésie, et a placé dans sa bouche ce que nous lisons de plus beau dans ses propres poëmes.

Les règles ne sont venues qu'à la suite des arts; elles sont sorties des chefs-d'œuvre qu'ils avaient enfantés; aussi ceux-ci sont-ils autant des exemples que des lois. Elles n'étaient pas plus connues au temps d'Hésiode que dans celui d'Homère. Ils ont tous deux bien plus créé qu'imité.

---

1. Le petit poëme intitulé : *Hésiode.*

Il ne faut chercher dans les œuvres du premier ni plan bien dessiné, ni méthode exactement suivie; ne lui demandez pas un ordre rigoureux dans l'expression de ses idées, ni l'enchaînement étroit des différentes parties de son sujet; avant d'aborder la matière, il n'a pas songé à sa distribution : étranger aux artifices de la composition, comme un conteur aimable, il va au gré de l'inspiration, tantôt captivant votre attention par la vivacité de ses récits ou par l'ascendant de cette sagesse familière qui est le bon sens, tantôt vous emportant tout à coup par les élans de son imagination vers des hauteurs où il ne vous montre plus rien que de grand, mais allant toujours d'une chose à l'autre sans que vous vous aperceviez qu'il vous mène, et passant du grave au doux sans qu'il ait pris soin de vous préparer au changement par une transition. Ce que vous trouverez dans ses tableaux, ce ne sont pas ces plans habilement étudiés et qui charment le regard par leur ingénieuse disposition, ni ces nuances délicates qui unissent les tons pour les empêcher de se heurter, et les aident à se fondre l'un dans l'autre, afin de le séduire par la magie de la couleur, mais des traits fermes, des touches vives, des coups de pinceau qui représentent les choses avec une frappante vérité. Quoique l'œil, lorsqu'il s'arrête aux détails, y découvre encore quelques signes de l'ébauche, néanmoins il y reconnaît ce qui constitue la poésie, le jet soudain, la pensée nette et saillante, l'inspiration, le fond franchement mis en relief par la forme, et les couleurs merveilleusement appropriées aux images.

Cependant, il faut en convenir, si une manière semblable a ses qualités, elle a aussi ses défauts; ce sont quelquefois une brièveté qui tombe dans l'obscurité de l'énigme, des inégalités qui amènent la langueur ou des disparates qui ressemblent au décousu; d'autres fois, une abondance et une vulgarité de détails qui fait dégénérer la description en nomenclature, une sécheresse qui accuse l'aridité, où il aurait fallu, par des ornements employés avec mesure, prendre à tâche de la dissimuler. Mais ce ne sont là que des imperfections dans un génie que la nature avait doué des qualités les plus précieuses, et qui, venu un peu plus tard et formé par les leçons d'un goût plus épuré, mais au risque peut-être de perdre un peu de son naturel à l'école, aurait reçu de cette heureuse culture ce qui nous paraît lui manquer encore, tout en dépouillant ce qui semble aussi le déparer.

Des trois poëmes qui nous restent d'Hésiode : la *Théogonie*, le *Bouclier d'Hercule* et *les Travaux et les Jours*, le dernier est, sans contredit, celle de ses œuvres où les qualités qui lui sont propres brillent avec le plus d'éclat, en même temps qu'on y remarque moins de traces des défauts qui sont les siens; c'est aussi celle que le suffrage des critiques de l'antiquité a transmise à la postérité entourée de plus d'éloges. Elle offre à la fois plus d'ordre et de méthode, plus d'intérêt et de variété, et aussi moins d'incertitude dans le choix de la matière et de confusion dans l'agencement de ses diverses parties qu'on ne croit y en rencontrer au premier aperçu. D'abord on reconnaît, sans peine, que le poëte s'y est proposé deux choses qui, en réalité, sont tellement unies qu'elles n'en font qu'une : d'y prêcher le travail et la sagesse. L'une conduit à l'autre; elles s'aident et se fécondent réciproquement. Que serait, en effet, une sagesse qui resterait engourdie dans l'inaction, et que produirait d'utile un travail qui ne serait pas réglé par la sagesse? En donnant celle-ci à l'homme, les dieux lui ont imposé celle-là. Aussi toutes deux sortent de sa nature. Il porte en lui-même le double instinct de l'émulation et de la rivalité; il est assujetti à mille besoins auxquels il doit pourvoir pour ne pas périr, et est affecté d'une infirmité sous les étreintes de laquelle il finirait par succomber d'épuisement, s'il ne savait s'en débarrasser par l'exercice de ses organes et de ses facultés. Là sont, pour lui, les ferments les plus énergiques et les plus actifs stimulants du travail. De là, pour lui, la nécessité de travailler pour obéir à sa nature et remplir sa destinée. Mais le travail, en lui procurant les choses nécessaires à la satisfaction de ses appétits et en lui ouvrant ainsi la source de toutes les jouissances, la raison, en l'amenant à songer à l'avenir et en lui conseillant de pourvoir d'avance à ses besoins, lui enseignent la prévoyance et lui apprennent à amasser les richesses. Le poëte s'applique par-dessus tout à inspirer l'esprit d'ordre et d'économie. Pour preuve que le travail est une loi qui vient des dieux, il la fait sortir de la création et de l'ordre même du monde : à cette occasion, il en raconte les âges, qui sont plutôt encore les âges de l'espèce humaine que ceux de la nature, et qu'il compte, différant en cela des autres poëtes et notamment d'Ovide, jusqu'au nombre de cinq. En témoignage, il rapporte la fable de *Prométhée* et celle de *Pandore*, dans lesquelles il montre le génie de l'invention et des arts luttant contre la fatalité du mal et de la peine, tour à tour triomphant, et ne procurant à l'homme qu'un demi-affranchissement.

Pour Hésiode, venu dans des temps où le travail devait s'appliquer, avant tout, à la satisfaction des besoins qui naissent de l'instinct de conservation, le premier des arts, c'est l'agriculture, le second la navigation, mise au service du commerce. C'est donc des travaux de l'agriculture qu'il s'occupe d'abord; il les décrit, moins avec l'exactitude du maître qui, pour être à la fois plus clair et plus bref, mieux compris et plus utile, commence par distinguer entre les diverses branches de l'art, et traite ensuite de chacune successivement, qu'avec l'expérience positive du laboureur qui en parle comme il les pratique, et les enseigne au fur et à mesure que le temps amène l'application de leurs principes; il ne fait pas comme fera plus tard Virgile, il ne divise pas la matière, suivant les genres de culture, en abordant successivement celle des champs, celle de la vigne, l'éducation du bétail et celle des abeilles, et il ne donne pas un chant à chacune des parties de son sujet. Il marche avec les saisons et décrit les travaux de l'agriculture qui leur sont propres; chemin faisant, il les décrit elles-mêmes, les peignant par les traits qui les caractérisent le mieux et les montrant dans toute leur grâce ou dans toute leur sévérité. C'est ainsi qu'il a tracé de l'hiver et de l'été ces magnifiques descriptions qui ont fait l'admiration de l'antiquité comme elles font encore la nôtre. Ces différents aspects de la nature et les effets merveilleux de son action y sont rendus avec tant de vérité qu'on dirait que le poëte, en les chantant, les a placés sous nos yeux. C'est d'abord l'hiver escorté de ses tempêtes qui semblent, en changeant la face du monde, le bouleverser jusque dans ses fondements, et de ce froid glacial qui saisit l'homme et les animaux, et les force à se retirer dans leurs abris; c'est ensuite l'été avec ces brûlantes ardeurs, qui dessèchent les plantes et épuisent l'homme en l'amolissant, mais aussi avec ces tièdes chaleurs et ces douces rosées, qui les rafraîchissent et les raniment; jours des travaux féconds et des plaisirs innocents, pendant lesquels le laboureur, qui a su se mettre en garde des séductions du sommeil par des habitudes matinales, recherche les ombrages des bois pour s'y reposer de ses fatigues, et y savoure, avec délice, au sein des banquets qu'il y a dressés pour apaiser son appétit, le parfum des gâteaux pétris de miel et de lait, le fumet des viandes et celui des vins tempérés par les flots purs des sources.

Hésiode ne consacre qu'une faible portion de son poëme à la navigation; pour lui, elle n'est qu'un moyen de communication entre les peuples, un instrument de commerce, destiné à faciliter l'échange des produits. Il en dit ce qu'il en sait, non l'art tout entier, qu'il n'a point pratiqué en homme du métier, et dont il a tout au plus profité dans le cours d'un voyage qu'il a fait de l'Aulide en Eubée, mais le peu qu'il en a vu, son utilité, surtout ses difficultés et ses périls, pour avoir une occasion nouvelle de prêcher la prévoyance, la circonspection, la réserve et la prudence. Il termine son poëme par un retour vers la sagesse, dont il semble, cette fois, faire entendre les conseils au nom de la religion plutôt que de la raison. Mais il ne faut pas oublier qu'il y a dans Hésiode le prêtre en même temps que le poëte, et que, théologien autant que philosophe, il ne doit pas faire une part moindre aux pratiques religieuses et aux croyances populaires qu'aux maximes du bon sens et aux prescriptions du devoir. On sent alors qu'il approche de ce singulier chant des Jours, qui n'est qu'un catalogue des bons et des mauvais jours, dressé sur les témoignages de la tradition ou de l'opinion. Ce chant se traduit en un recueil de pronostics et de recommandations, que nous laisserions avec dédain, si tout, jusqu'aux erreurs, ne nous paraissait digne d'attention dans la foi des peuples. Nous savons bien maintenant que toutes ces croyances et toutes ces pratiques n'étaient que de grossières superstitions; de tout temps, il s'est trouvé des esprits forts qui s'en doutaient, et, dans celui de Lucrèce et de Cicéron, il fallait descendre jusqu'au peuple pour rencontrer des hommes qui y fussent encore intérieurement fidèles; néanmoins Virgile, écrivant sur l'art des champs son poëme admirable des *Géorgiques,* ne crut pas devoir passer les présages sous silence; il savait que le laboureur n'a jamais pu se défendre de les interroger sur cet avenir du lendemain, qui est souvent si obscur, quoiqu'il soit si prochain, et qui est d'un si grand intérêt pour l'homme dont les travaux craignent tout et espèrent tout du ciel. Il en parle plus sobrement qu'Hésiode, mais il en parle, cependant, et en si beaux vers que nous regretterions vivement qu'il n'en eût point parlé [1]. Connaîtrions-nous les mœurs d'un peuple ou d'une époque, si nous ignorions les naïves croyances

---

1. *Ipsa dies alios alio dedit ordine Luna*
Felices operum. Quintam fuge; pallidus Orcus
Eumenidesque satæ; tum partu Terra nefando
Cœumque Iapetumque creat, sævumque Typhœa,
Et conjuratos cœlum rescindere fratres.
(*Georgicorum* lib. I, v. 276.)

La lune apprend aussi, dans son cours inégal,
Quel jour à tes travaux est propice ou fatal.
Le cinquième est funeste; en ce jour de colère
Naquirent Érinnys, Tisiphone, Mégère,
Et vous, fameux Titans, géants audacieux,
Que la terre enfanta pour attaquer les cieux.
(DELILLE, trad. des *Géorgiques*, liv. I.)

Septima post decimam felix et ponere vitem,
Et prensos domitare boves, et licia telæ
Addere; nona fugæ melior, contraria furtis.
(*Georgicorum* lib. I, v. 284.)

Au dixième croissant de la lune nouvelle,
On peut du fier taureau dompter le front rebelle,
Planter la jeune vigne, ou d'une agile main
Promener la navette errante sur le lin.
Une clarté plus pure embellit le neuvième;
Le brigand le redoute, et le voyageur l'aime.
(DELILLE, trad. des *Géorgiques*, liv. I.)

Tum cornix plena pluviam vocat improba voce,
Et sola in sicca secum spatiatur arena.

qui ont quelquefois marqué de traits non dépourvus de grâce leurs dogmes et leurs religions? Rarement les hommes, qui ont eu besoin du beau

---

Ne nocturna quidem carpentes pensa puellæ
Nescivere hiemem testa quum ardente viderent
Scintillare oleum et putres concrescere fungos.
(*Georgicorum* lib. I, v. 387.)

Seule errante à pas lents sur l'aride rivage,
La corneille enrouée appelle aussi l'orage.
Le soir la jeune fille, en tournant son fuseau,
Tire encor de sa lampe un présage nouveau,
Lorsque la mèche en feu, dont la clarté s'émousse,
Se couvre en petillant de noirs flocons de mousse.
(DELILLE, trad. des *Géorgiques*, liv. I.)

Virgile consacre encore trente-trois vers du même livre à décrire les pronostics qu'on peut tirer, quant au temps, de l'état de la lune et de celui du soleil, et ces vers ne sont pas les moins beaux de ce livre.

Si vero solem ad rapidum lunasque sequentes
Ordine respicies, etc., etc.

A ces vers des *Géorgiques* de Virgile on peut ajouter ceux-ci de sa première églogue (v. 16 et suiv.) :

Sæpe malum hoc nobis, si mens non læva fuisset,
De cœlo tactas memini prædicere quercus.
Sæpe sinistra cava prædixit ab ilice cornix.

Ovide, au premier livre de ses *Fastes*, consacre aussi quelques vers à la distinction des jours. Il parle des jours fastes et des jours néfastes, des jours malheureux et par conséquent, des jours heureux.

temps ou de la pluie, qui ont craint les vents et les tempêtes, ont renoncé à les deviner ou à les annoncer sur certains signes, et à observer pour prédire. De nos jours, l'homme des champs n'a pas placé sa confiance tout entière dans le baromètre, et il y a toujours des pronostics sur la foi desquels il entreprend avec sécurité ou s'abstient avec prudence.

Mais, dans cet ordre d'idées, Hésiode est allé plus loin que personne; il a consacré toute une partie de son poëme à ce sujet; il y est descendu jusqu'aux plus vulgaires détails, parce qu'il était convaincu, ou que, du moins, de son temps, on croyait que les bons jours et les mauvais étendaient leur influence surtout dans la vie de l'homme. J'ai imité ses traducteurs en prose, je n'ai voulu rien omettre en essayant de tout rendre en vers, et j'ai pensé que tout ce qui était dans une poésie devait passer dans l'autre, si le miroir avec lequel j'entreprenais d'en recueillir les reflets n'étaient pas infidèle. On peut mutiler en corrigeant, et courir le risque d'user en s'efforçant de polir. Il est des choses dont j'aurais voulu, pour ainsi dire, purger ma version, je les y ai laissées pour être exact; il faut bien consentir à les voir et se rappeler que, si je les montre, c'est que le poëte les a peintes. Quel est le graveur qui oserait supprimer un détail, un épisode, un trait du tableau qu'il va reproduire par le burin? Que ne m'est-il donné d'avoir retrouvé la couleur antique pour rendre de telles images! En les replaçant, par la pensée, dans le jour et dans la perspective pour lesquels elles avaient été créées, le lecteur les verrait comme elles doivent être vues, avec le naturel et la simplicité qui leur permettaient, il y a près de trois mille ans, de plaire et de charmer.

On ne paraît point d'accord sur le genre de poëme auquel appartiendraient *les Travaux et les Jours;* les uns y ont vu une épître, les autres un poëme didactique, puisqu'ils lui ont, chacun de leur côté, donné ces titres : ce qu'il y a de certain, c'est que le poëte ne les a point créés pour les faire rentrer dans des classifications qui n'étaient point encore connues de son temps. Ce n'est qu'aux époques de civilisation avancée et où la philosophie demande et cherche la raison de toute chose, que la poésie, devenue à la fois raisonneuse et familière, emprunte, pour se produire, cette forme si commode de l'épître qui, en mêlant la réflexion et la controverse à l'inspiration, semble affranchir l'art d'une partie de ses entraves. *Les Travaux et les Jours* ne pouvaient donc être une épître, quoique Hésiode les adressât à son frère; il faut ajouter qu'ils ne le sont pas parce que le ton s'y élève trop souvent au-dessus de celui du genre, et que, par leur étendue, ils dépassent, d'ailleurs, la mesure qui lui est propre. Ils sont plutôt un poëme didactique : la division en chants n'y manque même pas; car, si des manuscrits ne l'offrent point, il en est dans lesquels on la trouve. Au reste, si matériellement et en fait elle n'y était pas, on l'y ferait facilement sortir des entrailles du sujet, et, si celle que nous y voyons dans quelques éditions est une invention des commentateurs, elle méritait de venir du poëte, car lui-même l'a marquée par les repos qu'il a donnés à sa muse, et les scoliastes n'ont fait, en l'indiquant, que poser des bornes où elle-même s'était arrêtée, pour reprendre haleine et changer de ton en même temps que de sujet.

Mais pourquoi à tant de traductions d'Hésiode en ajouter une nouvelle et surtout une traduction en vers? La faveur et le goût du public ne sont pas, je le sais, à de pareilles entreprises. On n'a que du dédain pour des hommes qui avouent la stérilité même de leur esprit par le genre d'études qu'ils ont embrassé, et qui, dans tout ce qu'ils écrivent, laissant le fond à un autre, ne peuvent revendiquer pour eux que la forme. Il ne leur manque que la mauvaise foi pour qu'on les traite aussi mal que les plagiaires; enfin on est convaincu que quiconque n'a pu imaginer et créer ne saurait rendre, après d'autres, ce qu'ils ont inventé, et que celui qui serait capable de peindre comme Homère ou Virgile ne voudrait pas descendre ou s'assujettir à les copier. Ceux qui ont porté ce jugement sur les traducteurs condamnent, d'avance, toutes les traductions, et n'ont pas besoin d'examen pour envelopper dans la proscription l'avenir comme le passé et le présent. On n'ose leur répondre par des exemples qui contrediraient leurs assertions, ni même simplement alléguer qu'on peut n'avoir point cette activité puissante qui, comme celle de Dieu, tirant de rien les choses, se manifeste par des œuvres profondément empreintes du caractère de l'invention originale, et n'être point, cependant, dépourvu de cette facilité d'un ordre bien moins élevé, sans doute, mais qui est encore le talent et qui, vivement frappée des choses par leur aspect, y prend le sentiment exact de la forme que réclame le fond, et réussit encore à les couvrir d'une forme nouvelle en copiant, néanmoins, celle dont elles sont déjà revêtues. En vain leur direz-vous que le génie lui-même ne répugne pas toujours à l'imitation ; que Virgile a traduit Homère ; que Térence n'a fait le plus souvent que reproduire Ménandre, et que Cicéron a pris plaisir à faire connaître aux Romains, dans leur propre langue, les plus éminentes des œuvres de Démosthène et de Platon; en vain leur répondrez-vous même par les exemples décisifs de Dryden, de Pope, de Wieland, d'Annibal Caro, de Monti, de Pindemonte, et plus près de nous encore par ceux de Delille, de Saint-Ange, de M. de Fontanes, de M. Daru et de M. de Pongerville; ils répliqueront en rappelant l'oubli ou le discrédit dans lequel ils prétendent que sont tombées les œuvres de la plupart de nos traducteurs, et, si vous reprenez que, proclamées classiques il y a trente ans, elles en demanderont moins peut-être pour le redevenir, en se relevant avec éclat de la défaveur dont elles paraissent atteintes en ce moment, ils vous répartiront que le temps ne peut faire vivre ce qui n'a pas, en naissant, pris le souffle en lui-même, ni, quand il s'est éteint, le rendre à ce qui ne l'a reçu qu'en le puisant à une source étrangère, et que la multitude des versificateurs qui ont, parmi nous, essayé de s'inoculer la vie par la traduction, en l'empruntant à ces poëtes de l'antiquité en qui elle surabonde, n'a fait que constater l'infériorité du genre et la médiocrité de ceux qui ont été assez mal inspirés pour le cultiver; enfin ils ne vous répéteront plus, en forme d'adage, que tout traducteur est un traître, mais ils vous diront, ce qui revient au même, que l'inexactitude et l'infidélité sont l'inévitable condition de la traduction en vers, et qu'elle ne touche au génie que pour le profaner en le mutilant.

Ce n'est donc pas par aveugle amour et fol espoir du succès qu'à une époque où les poésies originales ont bien de la peine à trouver des lecteurs, on se laisserait aller à l'entreprise téméraire d'en chercher pour des vers qui ne sont tout au plus que de simples pastiches ou de pâles imitations; en les leur offrant, néanmoins, on ne confesserait que sa propre prédilection pour l'écrivain qu'on aurait traduit. C'est donc un peu pour soi-même, si l'on n'ose dire que c'est pour les autres, et pour en entendre çà et là exprimer quelque opinion qu'on a placé, un jour ou deux, ces études sous les yeux du public : on veut les exposer, un instant, à la lumière pour mieux les voir, et s'entendre dans la bouche des étrangers pour mieux se juger.

Au fond, je m'imagine que la poésie peut se comprendre par la prose, mais qu'elle ne peut se rendre pleinement que par la poésie elle-même; que le mètre veut le mètre pour être senti, et que traduire des vers par de la prose, c'est, pour apprécier de la musique, la lire au lieu de l'exécuter. J'alléguais tout à l'heure des noms comme des exemples, à l'appui de mon sentiment, on en alléguera peut-être et de très-considérables pour le combattre; mais j'ai la faiblesse de croire qu'ils ne seront que d'éclatantes exceptions qui confirmeront la règle avec une invincible autorité. J'en conviens, quand bientôt nous posséderons la traduction nouvelle qui nous en est promise et dont nous avons déjà reçu de si riches à-compte, Pindare, s'il ne perdait, ne gagnera plus à être traduit ni en vers, ni en prose dans notre langue : j'en conviens encore, à moins d'être maniée par la main habile et puissante de Racine, jamais la poésie ne fera aussi heureusement passer dans notre langue certains morceaux d'Homère et de Sophocle que ne l'a fait la douce et harmonieuse prose de Fénelon; mais je ne saurais me refuser à croire que, si Homère et Sophocle revenaient parmi les vivants, et s'il leur prenait envie de se traduire eux-mêmes dans notre langue, ce serait nos vers, et non notre prose, qu'ils choisiraient pour se faire connaître à des barbares comme nous aussi grands qu'ils ont été. J'aurais donc réuni bien des raisons en une seule et tiré de cette controverse, que je serais tenté de croire posthume, quand je considère le temps où je la réveille, la plus solide et la plus exacte des conclusions, si j'ajoute que j'ai traduit Hésiode en vers parce que j'aurais traduit Xénophon et Thucydide en prose, et qu'il n'est pas plus logique, quand on le peut autrement, de rendre des vers par de la prose que de rendre de la prose par des vers. La poésie n'est pas tout entière dans le mètre; en dehors du mètre, on peut encore, je le confesse, en trouver le fond et, sans aucun doute, la verve, l'enthousiasme, le mouvement, les idées, les images, l'expression, mais non pas les tours, la forme et l'harmonie véritable, que peut seule vous fournir la versification; les poëmes en prose, ou plutôt le style poétique, mis au service de la prose, ne viennent guère qu'aux époques où la langue épuisée ne semble plus pouvoir mettre au monde de chefs-d'œuvre ou d'œuvres originales; où elle se tourmente en mille façons sous prétexte de se raviver; où la prose se corrompt par l'enflure en s'efforçant de devenir la poésie; où la poésie elle-même se travestit sous les formes les plus bizarres en croyant se rajeunir. Fontenelle, en essayant de changer, dans des temps qui n'étaient point ceux-là, l'instrument en usage pour travailler le drame, n'est point parvenu à supplanter son oncle immortel, le grand Corneille, et, soyez-en sûr, Fénelon se serait placé plus près d'Homère et de Virgile, en chantant pour la postérité les *Aventures de Télémaque* sur la lyre qu'en les récitant dans son admirable prose au duc de Bourgogne pour son éducation. On ne le nie pas, de mauvais vers ne valent rien et, par conséquent, ne valent que beaucoup moins qu'une prose plate et froide ; mais, à mérite égal, pour faire de la poésie, il faut encore préférer les vers à la prose; j'aime mieux *Hernani* que *Marie Tudor*, et la *Henriade* que *Bélisaire* ou les *Incas*. On ne lirait plus *Lucrèce*, si M. Ponsard l'eût écrite en prose et même aussi bien qu'il l'a écrite en vers, et quoiqu'il puisse y avoir, au jugement de quelques-uns, plus de talent dans la prose de Béranger que dans ses vers, nos derniers neveux liront ses chansons, parce qu'il les a assujetties au joug de la rime et de la mesure, et délaisseront peut-être sa prose parce qu'elle n'aura pas, comme ses vers, pour la soutenir, la forme à défaut du sujet. Personne n'en doutera non plus, *les Travaux et les Jours* seraient lus plus souvent si, pour les faire passer dans notre langue, leur bonne fortune leur eût donné l'ingénieuse et savante versification de l'abbé Delille au lieu de la prose correcte et châtiée de l'abbé Bergier. On sait tout d'Hésiode par quelques morceaux des *Travaux et des Jours* que M. Bignan en a traduits en vers dans un de ses plus charmants poëmes[1], on n'en sait pas tout à fait autant par la traduction entière de toutes les œuvres du poëte, qu'il nous a offerte ensuite dans son élégante prose.

A ma connaissance, *les Travaux et les Jours* ont déjà été traduits en vers, dans notre langue,

---

1. Intitulé : *Hésiode.*

en tout ou en partie, avec des talents et des succès divers, dans le dix-huitième siècle par Lefranc de Pompignan, de nos jours par M. Bignan, par M. Bécart et par M. Fresse-Montval, le traducteur en vers de tout ce qui nous reste d'Hésiode[1]. Inutile que je dise qu'en publiant une traduction qui a peut-être été commencée avant celle de ces trois derniers écrivains, je n'ai pas eu la prétention de lutter ni avec eux, ni avec leur prédécesseur, mais que je n'ai voulu, après avoir étudié, comme eux, un poëte qui a été leur prédilection comme la mienne, que demander à quelques lecteurs s'il n'était pas possible de faire autrement qu'ils n'ont fait, en risquant, sans doute, de faire moins bien.

---

1. Voltaire a fait de la fable de Pandore une imitation en vers, qu'il a marquée à son coin et insérée dans son *Dictionnaire philosophique* au mot ÉPOPÉE.

Une note, qui accompagne le texte de l'Épître d'André Chénier à Lebrun et au marquis de Brazais, nous apprend que ce dernier, celui de ses amis que le poëte consultait le plus volontiers et dans le goût duquel il avait le plus de confiance, s'occupait d'une traduction en vers des *Travaux et des Jours* d'Hésiode. On ne sait si cette traduction a été achevée, et si elle l'a été, il ne paraît pas qu'elle ait été publiée.

les dieux avaient placé sa destinée : ce fut pour aller dans l'Eubée prendre part aux jeux funèbres qui se célébraient en l'honneur d'Amphidamas ; il en sortit vainqueur et, à son retour, il consacra aux Muses, dans le temple de Delphes, le trépied d'or qui avait été le prix de sa victoire. Hésiode a dû vivre dans un âge avancé. On raconte que, voyageant aux environs de Locres ou de Naupacte avec un jeune homme du nom de Troïle, il fut reçu ainsi que son compagnon dans la famille de Ganyctor, qui avait trois enfants, une fille et deux fils : Troïle viola les droits sacrés de l'hospitalité en profanant la jeune fille : les frères de celle-ci, indignés d'un pareil crime, en soupçonnèrent Hésiode, l'entraînèrent dans une prairie et l'y massacrèrent.

Hésiode a composé un grand nombre de poëmes : on lui en attribue même probablement plus qu'il n'en a fait ; mais, à quelque nombre qu'on les réduise, il faut reconnaître que sa muse a été très-féconde. De ses diverses productions trois seulement nous sont parvenues, plus ou moins altérées ou mutilées par le temps et les rapsodes, ce sont la *Théogonie*, le *Bouclier d'Hercule*, *les Travaux et les Jours*; des autres il ne reste que quelques vers épars çà et là dans les écrivains de l'antiquité qui les ont conservées en les citant.

On a longtemps douté et quelques-uns doutent encore de l'authenticité du *Bouclier d'Hercule* : cependant, on paraît généralement l'accepter maintenant. Ce qui doit achever de convaincre les incrédules, c'est que ce poëme, pris dans son état actuel, ne peut être considéré que comme un fragment d'un plus grand. De là il n'y a plus qu'un pas à faire pour le rattacher aux poëmes qu'Hésiode avait composés pour chanter les héros et les héroïnes, et dont il serait encore un précieux débris. Il faut donc lui laisser ce poëme, et, après l'avoir bien étudié, tirer de l'examen la conclusion, d'abord qu'il n'est point l'œuvre d'un rival et d'un contemporain d'Homère, car l'émule d'un si grand poëte n'aurait pas été assez mal inspiré pour lutter avec lui de son vivant, en décalquant, pour ainsi dire, une de ses compositions les plus brillantes et pour s'ôter à lui-même des chances de succès, en lui cédant l'avantage de l'invention; ensuite, que le *Bouclier d'Hercule* est une imitation du *Bouclier d'Achille* et que l'imitateur d'Homère n'a dû venir qu'après lui[1]. La gloire d'Homère n'en sera pas moindre, et celle d'Hésiode restera entière.

---

1. M. Quatremère de Quincy, après avoir, dans son Mémoire sur la description du *Bouclier d'Achille*, par Homère (*Mémoires de l'Institut*, Académie des inscriptions et belles-lettres, t. IV), comparé cette description à celle du *Bouclier d'Hercule*, par Hésiode, incline aussi à accorder la priorité à celle d'Homère et à regarder son auteur comme le plus ancien des deux poëtes.

LES TRAVAUX

ET LES JOURS

D'HÉSIODE

CHANT PREMIER

Nymphes du Piérus, qui des noms des héros
Faites, par vos concerts, retentir ses échos*,
Chantez, Muses, chantez une hymne à votre père :
Il habite les cieux que remplit son tonnerre.
D'une main équitable, il partage aux humains
Là d'éclatants honneurs, ici d'obscurs destins;
Il élève, il abat[1], punit ou récompense,
Et, tour à tour, il donne ou reprend la puissance.
Grand dieu! daigne écouter et soutenir ma voix,

---

* VAR. Nymphes du Piérus, qui savez d'heureux noms
Faire, en les célébrant, retentir ses vallons....

VAR. Nymphes du Piérus, dont les divins concerts
Donnent la gloire aux noms qu'y célèbrent les vers....

1. Mais un moment l'élève, un moment le détruit.
(CORNEILLE, *Horace*, acte V, sc. II.)

C'est lui qui élève, c'est lui qui abaisse, c'est lui qui donne la gloire, c'est lui qui la change en ignominie. (BOSSUET, *Sermon sur l'honneur.*)

Je chante pour un frère et je dirai tes loix.
Vertu qu'on encourage ou vice qu'on refrène,
Deux penchants opposés meuvent l'espèce humaine* ;
L'un sème la discorde, agite les États,
Et, pour troubler la paix, allume les combats;
L'homme, telle est des dieux la volonté suprême,
Écoutant sa raison, le condamne en lui-même,
Mais, cédant aux élans d'une jalouse ardeur,
Au risque de se perdre, il lui livre son cœur.
L'autre le porte au bien : la nuit aux voiles sombres
L'a conçu le premier et couvert de ses ombres :
Saturne le reçut, et, quittant les sommets
Où se perd, dans les airs, son immense palais,
Le déposa, sortant du pur sein de sa mère,
Comme un germe fécond, dans celui de la terre.
De ce ferment actif pour jamais est éclos
L'infatigable amour des utiles travaux :
L'indolent, malgré lui, prenant cœur à l'ouvrage,

---

* VAR. Objets, mon cher Percès, ou d'amour ou de haine,
Deux mobiles rivaux guident l'espèce humaine.
VAR. Des vertus la plus noble et des vices le pire
De la terre, à l'envi, se disputent l'empire.

Et d'un riche voisin contemplant l'héritage,
Devient, sous l'aiguillon, prompt et laborieux,
Gouverne sa maison et voit tout par ses yeux.
Il veut de ce voisin atteindre la richesse,
De ses propres efforts stimule la mollesse,
Cultive son verger, laboure ses sillons,
Et charge ses greniers de l'or de ses moissons.
On voit, heureux effet d'une louable envie,
L'art, pour se dépasser, se piquer d'industrie,
De charron à charron, de potier à potier,
Maître contre apprenti lutter sur le métier*,
Et, sous le toit pompeux où le riche a ses fêtes,
Reçoit les mendiants, appelle les poëtes,
Les uns de ses banquets s'arracher les débris,
Et les autres des chants se disputer le prix.

Persès, de mes conseils garde bien la mémoire :
Ne néglige jamais les champs pour l'auditoire;
Ne va pas, entraîné par d'indignes désirs,
Des querelles d'autrui composer tes plaisirs,

---

* VAR. Charron contre charron, potier contre potier,
Les outils à la main, lutter sur le métier.

Et, dans ce tribunal où la foule se presse,
Sur des bancs désœuvrés installer ta paresse.
Mais, avant que, fendant des flots de curieux,
Tu n'ailles de débats y repaître tes yeux,
Qu'une riche moisson, sur ton aire amenée,
Puisse au moins satisfaire aux besoins de l'année.
Quand des fruits de tes champs tes greniers seront pleins,
Tu pourras de procès tourmenter tes voisins.
  Mais, pour nous, à jamais abjurons nos querelles;
Que le ciel verse ailleurs ses faveurs immortelles,
Pourvu qu'entre nous deux rétablissant la paix,
L'équité veuille enfin terminer nos procès.
Lorsque de nos parents nous échut l'héritage,
La fraude, à ton profit, en a fait le partage,
Et grâce à tes présents, des juges dans tes mains
Maintinrent lâchement le fruit de ces larcins,
Oubliant qu'un pain noir peut suffire à la vie *,
Et que souvent le tout vaut moins que la partie.
Ah! pourquoi Jupiter nous a-t-il à jamais
De l'existence humaine enlevé les secrets!

---

* Var. Mais sache qu'un pain noir....

La terre produirait, sans effort sillonnée,
Pour un jour de travail des fruits toute l'année;
Le pêcheur laisserait reposer l'aviron,
Et le bœuf dans les prés paîtrait à l'abandon.
C'est ainsi qu'autrefois pour punir Prométhée,
Un dieu le prescrivit dans son âme irritée,
Et noua, secondant d'inflexibles destins,
La chaîne des malheurs réservés aux humains.
Le puissant Jupiter voulait que le tonnerre
S'armât seul de ces feux que possédait la terre :
La foudre les reprit au milieu des éclairs,
Et la nue en grondant les cacha dans les airs.
Mais Prométhée, usant d'une adresse nouvelle,
De l'élément perdu ravit une étincelle *,
Et, pour tromper du dieu les regards vigilants,
La férule, en secret, la reçut dans ses flancs.
« O mortel insensé qu'un fort orgueil abuse,
Ne crois pas t'applaudir plus longtemps de ta ruse,
Dit au fils de Japet Jupiter en courroux :
Gémis sur un larcin que vous expierez tous;

* VAR. De l'élément perdu reprit....

Car je dois vous punir, et, pour la race humaine,
Dans mes justes décrets je médite une peine
Où je veux que votre âme, en son aveuglement,
Trouve tout à la fois sa joie et son tourment. »
Il se tait, et, plus dur encor que la parole,
L'ironique mépris de ses lèvres s'envole.
Mais, appelant l'effet à suivre le dessein,
Le dieu veut qu'aussitôt l'industrieux Vulcain
Des éléments divers compose un assemblage,
Qui des beautés du ciel soit la fidèle image.
Il aura des mortels et la taille et la voix;
L'aiguille de Minerve exercera ses doigts;
Ils sauront par Vénus, sous la fraîche parure,
Embaumer de parfums sa blonde chevelure,
Et, du vainqueur d'Argus apprenant à trahir,
L'œuvre de tant de mains mentira sans rougir.
Aussi, rien qu'à la voir, les hommes dans leur âme,
Sentiront du désir naître et brûler la flamme.
Jupiter a parlé, les dieux ont obéi :
Par l'habile Vulcain le limon est pétri;
D'une vierge pudique il reçoit la figure,
Et Minerve aux yeux bleus l'orne d'une ceinture.

Les Grâces, à l'envi, de son cou, de ses bras
Chargent de vingt bijoux les contours délicats ;
Des tributs du printemps et de ceux de l'automne
Les Heures, en volant, composent sa couronne,
Et Mercure, à côté des captieux détours,
A placé dans son cœur l'art des tendres discours.
Tel est le châtiment que, dans leur jalousie,
Ménageaient tous les dieux à l'humaine industrie.
La vierge de Pandore a reçu le beau nom ;
Du messager des dieux ce fut le dernier don.
Alors, obéissant au maître du tonnerre,
Le meurtrier d'Argus l'emporte sur la terre.
En vain, de Jupiter redoutant les faveurs,
Un frère les montrait fécondes en malheurs ;
Abusé par Mercure, hélas! Épiméthée
Oublia les conseils du sage Prométhée,
Vit du courroux d'un dieu le gage séduisant,
Et reçut, ébloui, ce funeste présent.
Le travail plein d'efforts, l'affreuse maladie
De l'homme jusqu'alors n'éprouvaient point la vie :
D'innombrables fléaux constamment assailli,
Il a, depuis ce jour, péniblement vieilli.

Pandore du destin entr'ouvre l'urne immense;
Seul bien qu'elle enfermait, la divine espérance
S'échappe avec les maux, mais, déjà sur le bord,
Sous le poids du couvercle arrête son essor;
Et, s'élançant alors du fragile repaire,
Tous les maux à la fois envahissent la terre.
Ils s'attachent à l'homme; il les voit sur les flots,
Pour hâter son trépas, poursuivre ses vaisseaux,
Et, s'avançant partout, dans un sombre silence,
Au jour comme à la nuit apporter la souffrance.

Cependant, prête encor l'oreille à mes accents,
Car des sujets nouveaux appellent d'autres chants ;
Tâche qu'en me rendant maître de la matière,
J'essaye, en quelques mots, de remplir tout entière.

Les dieux et les mortels, différents de destins,
Sortis du même sang, sont nés contemporains,
Et des âges divers ouvrant la longue chaîne,
L'âge d'or apparut avec la race humaine.
Un seul régnait partout : Saturne sur le ciel
Étendait, dans ces jours, son sceptre paternel,
Et, par le même dieu la terre gouvernée,
Vivait dans les douceurs d'une paix fortunée.

Affranchis du travail, ses premiers habitants
Bravaient, sans les subir, les ravages du temps;
Sous les infirmités de la triste vieillesse
Les ans ne courbaient pas leur brillante jeunesse;
Ils ignoraient les maux, ils goûtaient tous les biens,
Et les joyeux banquets, et les doux entretiens,
Et, convives repus, sans pénible agonie,
Dans un sommeil paisible ils sortaient de la vie.
Pour les combler de tout les dieux veillaient sur eux;
Les plaisirs accouraient au-devant de leurs vœux :
L'art n'avait pas besoin d'aider à la nature;
La terre, aux riches dons, féconde sans culture,
Couvrait son sein riant, dans toutes les saisons,
De verdure et de fruits, de fleurs et de moissons.
Mais lorsque, dans ses flancs, la terre à la lumière
Eut ravi des humains cette race première,
Glorieux privilége, en ses profonds desseins,
Jupiter à leurs soins confia nos destins;
Sous le voile des airs cachés à notre vue,
Ils promènent partout leur recherche assidue,
Et, suivant pas à pas les méchants et les bons,
Sur l'homme vertueux ils répandent leurs dons.

Après cet âge heureux une race nouvelle
Vit bientôt commencer l'âge d'argent pour elle.
L'homme dégénéré, dans un corps amolli,
Ne reçut plus des dieux qu'un génie affaibli ;
Toujours plus attentive, auprès d'elle une mère
Élevait de ses fils l'enfance séculaire.
Sur leur front la jeunesse à peine osait fleurir
Qu'aussitôt la douleur accourait l'y flétrir,
Et leurs jours, où jamais ne brillait la sagesse,
S'éteignaient dans les maux d'une courte vieillesse ;
Cœurs durs que la raison n'avait pu façonner,
Ils ne savaient que vaincre et jamais pardonner,
Ou, respectant des dieux l'immortelle justice,
Honorer leur bonté d'un pieux sacrifice.
A la fin, cependant, Jupiter irrité
Leur infligea le sort qu'ils avaient mérité :
Ils furent pour toujours exilés de la vie.
Dans le sein du tombeau leur race ensevelie,
Sous le nom révéré de mortels bienheureux,
Reçoit au second rang notre encens et nos vœux.
Après l'âge d'argent, Jupiter fit éclore,
Sur la terre déserte, un âge pire encore,

Et, sous la main du dieu, pour ce siècle d'airain,
Naquit des flancs du frêne un nouveau genre humain.
Mais Mars revendiqua pour l'œuvre de la guerre
De ces rudes mortels la race sanguinaire.
Leur corps qui renfermait un cœur de diamant
Ne se refaisait point par un vain aliment,
Et leurs bras vigoureux dans leur forte structure
Supportaient, sans fléchir, le poids de leur armure.
Ils n'avaient pas le fer, mais l'airain non moins dur
Fournissait à leur main un tranchant aussi sûr,
Et, s'unissant aux airs pour protéger leur tête,
De leurs abris grossiers il soutenait le faîte.
A la fin, possédés de l'ardeur des combats,
Ils ont, en le bravant, appelé le trépas;
Leur race, qu'épuisait son aveugle courage,
En foule des enfers aborda le rivage,
Et, pour jamais, des morts le sombre et froid séjour
La ravit tout entière à la clarté du jour.
Cependant, quand la terre en ses profonds abîmes
Eut de cet âge impie enseveli les crimes,
Jupiter enfanta ces immortels héros
Aux suprêmes honneurs promis par leurs travaux,

Et des champs, que souillaient une autre race humaine,
Pour le purifier leur livra le domaine.
Guerriers et des combats tentant aussi le sort,
En se couvrant de gloire, ils trouvèrent la mort.
Les uns, des fils d'Œdipe embrassant la querelle,
Ont payé de leur sang la haine fraternelle;
Pour reprendre à Pâris, Hélène aux blonds cheveux,
Les autres ont franchi l'Océan orageux,
Et transportant la guerre aux champs de la Phrygie,
Au milieu des combats ils ont laissé la vie.
Un dieu les appela loin des séjours humains,
Sous les lois de Saturne, à d'immortels destins.
Là coulent des héros les paisibles journées,
Dans les riants bosquets des îles fortunées,
Où l'arbre, trois fois l'an, se couronne de fleurs
Et prodigue ses fruits aux aimables saveurs.

Telle fut des humains la race quatrième :
Me fallait-il, pour vivre, attendre la cinquième?
Pourquoi donc ne m'a-t-elle, en naissant, vu mourir?
Que ne suis-je plutôt né pour la voir finir?
Oui, c'est l'âge de fer : le travail, la misère
Tourmentent les mortels et désolent la terre;

Les soucis dévorants troublent notre repos ;
A peine un peu de bien adoucit-il nos maux.
Jupiter contre nous a porté la sentence ;
Il va bientôt trancher notre courte existence :
L'homme n'a pas vécu qu'il commence à vieillir,
Et tout, autour de lui, tend à se désunir.
L'hôte, hélas! trahit l'hôte, et le frère le frère ;
Le fils, dans son délire, insulte à son vieux père.
Ceux mêmes que le sang a créés nos amis
Deviennent, de nos jours, nos premiers ennemis :
Les parents, d'un dieu juste attestant la puissance,
Sur des enfants ingrats appellent la vengeance,
Et, sous le dur dédain courbant leurs cheveux blancs,
Pressent vers le tombeau des pas plus chancelants.
Dans leurs jeux inhumains, luttant de brigandage,
Les rois mettent entre eux les cités au pillage ;
Le dévouement pieux, destitué de prix,
Avec la bonne foi gémit sous le mépris.
La justice succombe, et des fruits du parjure
L'iniquité perverse engraisse l'imposture.
Le mal n'est par le bien plus même combattu :
Le vice triomphant opprime la vertu :

L'envie au teint livide, à la sombre prunelle,
Ourdit, dans le secret, sa trame criminelle,
Promène, en se jouant, son perfide entretien,
Et de ses noirs propos poursuit les gens de bien.
L'équité, la pudeur, sous leur chaste parure,
Pour cacher leur rougeur dérobent leur figure,
Abandonnent la terre à son propre destin,
Du ciel qui les attend reprennent le chemin,
Et laissent, en partant, à l'homme, pour partage,
Des maux trop grands, hélas! pour que rien les soulage.

Rois, qui que vous soyez, écoutez un récit
Dont vous pouvez chacun faire votre profit.

Un milan, que souillaient maints exploits sanguinaires
Tenait un rossignol prisonnier dans ses serres :
Alors, pour le fléchir, le chantre du printemps
Se mit à moduler ses airs les plus touchants.
« Insensé, ne crois pas, en soupirant ta plainte,
Amollir ton vainqueur et briser son étreinte :
Épargne-moi tes cris, sache subir ma loi,
Car, étant le plus fort, je dispose de toi,
Et je puis, à mon gré, te prendre pour pâture,
Ou te rendre à tes bois pour charmer la nature.

Qui s'attaque aux puissants est sûr de succomber *;
Et sous la honte, un jour, son front doit se courber. »
Ainsi dit le milan, en dévorant sa proie,
Et son vol orgueilleux dans les airs se déploie [1].
Apprends, pour être juste, avec un soin égal,
A pratiquer le bien, à t'abstenir du mal.
L'arbitraire insolent accable l'indigence,
Et même, en la servant, révolte l'opulence;
L'injustice, à la fin, le cède à l'équité,
Et rien, pour réussir, ne vaut la probité.
Ce n'est qu'en se perdant que le cœur s'abandonne
Aux leçons que du mal la pratique lui donne.
Un juge inique a-t-il laissé vers les méchants
Sa balance incliner sous le poids des présents,
L'inévitable Orcus, aussi prompt que l'injure,
Éclate en châtiments pour punir le parjure;
La justice qui sent presque y monter l'affront,
De voiles plus épais couvre son noble front,

---

* VAR. Par des moyens pareils tu tenterais en vain
De désarmer la force et de fléchir la faim.

1. La Fontaine a fait aussi une fable du Milan et du Rossignol : c'est la 18e du livre IX.

De crainte de tremper dans les noirs artifices,
Déserte les cités qu'ils prennent pour complices,
Et, donnant, néanmoins, des larmes à leurs maux,
Sur les peuples pervers appelle les fléaux.
Heureux ceux où nul droit n'excède la limite
Qu'à l'avance, pour lui, la justice a prescrite,
Où l'État, nuit et jour, de tous égal soutien,
Protége l'étranger comme le citoyen.
Là, de tous les côtés, dans les villes prospères,
Fleurissent les tribus comme au sein de leurs mères;
Jamais de Jupiter le regard calme et doux,
A l'aspect de ces murs, n'alluma son courroux,
Et son bras tout-puissant, poursuivant leur ruine,
Ne déchaîna contre eux la guerre et la famine.
Accourue à sa voix, au contraire, la Paix,
Sans mesure, en tout temps, y répand ses bienfaits;
Alors, de sa vertu, goûtant la récompense,
L'homme voit sous son toit regorger l'abondance.
Pour lui le chêne, au pampre enlaçant ses rameaux,
Prépare sous son ombre un asile au repos,
Mêle ses fruits dorés à la grappe vermeille,
Ou reçoit dans ses flancs le nectar de l'abeille;

La brebis dans les prés promène sa toison :
Les guérets au soleil étalent leur moisson ;
Les vaisseaux ne vont plus aux rives étrangères
Montrer, en indigents, leurs voiles tributaires ;
Le bonheur est complet, car les pères ravis
Reconnaissent leurs traits sur le front de leurs fils[1].
  Mais il est des mortels dont l'âme pervertie
A commettre le mal sans cesse s'ingénie ;
Jupiter sur leurs pas, pour punir leurs forfaits,
Met les durs châtiments qui les suivent de près.
Souvent même on le voit frapper, dans sa colère,
Pour la faute d'un seul la cité tout entière ;
A son ordre aussitôt sur ces tristes remparts,
Les fléaux, à l'envi, fondent de toutes parts.
Au dedans, sous leurs coups, les familles périssent,
Les peuples, par troupeaux, mourants s'évanouissent,

---

1. Catulle exprime une idée semblable avec la grâce et le charme qui lui sont propres :

« Sit suo similis patri
Manlio, et facile insciis
Noscitetur ab omnibus,
Et pudicitiam suæ
Matris indicet. »

(*In nuptias Juliæ et Manlii carmen nuptiale.*)

Et sous des toits, hélas ! d'où l'hymen est banni,
Par l'enfant qui survient nul vide n'est rempli :
Au dehors, en tout lieu, les guerres allumées
Ravagent les confins, dévorent les armées,
Et, sous l'effort des vents la mer ouvrant ses flots,
Dans ses gouffres profonds engloutit les vaisseaux.
O rois, sachez-le bien, dans l'injuste sentence,
Les dieux près de la faute ont placé la vengeance.
Car, en troupe innombrable, ils planent dans les airs,
Et, le regard fixé sur les peuples divers,
Ils nous observent tous, et de ce que nous sommes,
Ils rendent compte au maître et des dieux et des hommes.
Fille de Jupiter, vierge au cœur sans détour,
La Justice est du ciel et la crainte et l'amour.
Qu'à ses droits, sur la terre, un mortel porte atteinte,
Jusqu'aux pieds de son père elle élève sa plainte,
Et ce Dieu, qu'à son tour, émeut l'oubli des lois,
Punit sur les sujets l'iniquité des rois.
Juges, mortels puissants, vous qu'en son sanctuaire
La justice a placés pour gouverner la terre,
A la corruption n'en ouvrez point l'accès,
Et que l'équité seule y dicte vos arrêts.

Crains les mauvais conseils et n'en offre à personne,
Persès, car tôt ou tard ils perdent qui les donne*;
Le trait qu'à ton voisin ta main vient de lancer
Dans ton cœur aussitôt retourne s'enfoncer.

Jupiter connaît tout; rien n'échappe à sa vue :
Son œil va, s'il lui plaît, franchissant l'étendue,
Dans l'antre où les pervers couvent leurs noirs secrets,
Saisir au fond des cœurs les coupables projets.
Irais-je à mes enfants, dans ma folle tendresse,
Par mes exemples même enseigner la sagesse,
Si le sort, par l'effet démentant mes leçons,
Pour servir les méchants persécutait les bons?
Ah! que jamais des dieux la bonté tutélaire
Ne laisse un tel désordre éclater sur la terre.

Persès, sois toujours juste et ne souffre jamais
Que la force à ton cœur conseille ses excès.
Tandis que Jupiter à la nature humaine
A donné la raison pour règle souveraine[1],

---

* VAR. Sache que tôt ou tard ils perdent qui les donne.

1. Notre contrée (Athènes) de tous les animaux ne choisit et n'engendra que l'homme, qui, par son intelligence, domine les autres êtres et seul connaît la justice et les dieux (PLATON, *Ménexène*).

La brute, que l'instinct guide, mais asservit,
Ne connaît d'autre loi qu'un grossier appétit.
Qu'un homme épris du vrai, dans un ferme langage,
Ose, en face de tous, en rendre témoignage,
Pour les récompenser, à ses nobles efforts
Jupiter ne refuse aucun de ses trésors :
Mais un autre y fait-il, familier du parjure,
Sur l'humble vérité prévaloir l'imposture,
La peine, qui l'attend au seuil de sa maison,
Avec éclat sur lui venge la trahison.
Sous les yeux du dernier, bientôt sa propre race
Dans l'éternelle nuit obscurément s'efface,
Tandis que le premier en sa postérité,
Se sent monter vivant à l'immortalité.
Ainsi le châtiment, ainsi la récompense
Et du mal et du bien marquent la différence.

Persès, pour l'un ou l'autre il faut te déclarer.
Est-ce le vice, hélas! que tu vas préférer?
Sa demeure est prochaine, en séducteur habile *,
Il y guide tes pas par un chemin facile.

---

* VAR. Sa demeure est prochaine, et, séducteur habile,

Suis plutôt la vertu ; vers son noble réduit
Un sentier raboteux lentement te conduit :
A travers les rochers, étroit, brusquant la pente,
Tout trempé de sueurs, au début, il serpente [1] ;
Mais, lorsqu'il a franchi ces arides sommets,
Il court droit sur le sol qui s'ouvre à son accès.

Il n'en faut pas douter, c'est la grandeur suprême
De pouvoir tout prévoir, tout régler par soi-même ;
Mais d'un sage conseil sache aussi profiter :
Sur sa propre raison qui ne doit point compter,
Ou ne fait point d'autrui s'aider pour se conduire,
Inutile à chacun, à tous est près de nuire.

Fils d'une noble race, écoute-moi, Persès :
Travaille avec ardeur, et la blonde Cérès,

---

1. *Les Travaux et les Jours* d'Hésiode devaient être un livre classique pour la jeunesse romaine, qu'on élevait dans l'étude des lettres grecques : on peut en juger par ce passage d'une lettre de Cicéron à Lepta où, à propos d'un fils de celui-ci, il fait allusion à ce vers du poëte : Faites apprendre à notre cher Lepta son Hésiode ; qu'il ait souvent ce vers dans la bouche :

> Les dieux ont trempé de sueur la route de la vertu.
> (*Épitres familières*, liv. VI, ép. XVIII).

Saint Basile, dans son traité *Des avantages qu'on peut retirer de la lecture des auteurs profanes*, rapporte la substance de ce morceau d'Hésiode, et en fait le plus bel éloge, en disant qu'il est dans la bouche de tout le monde.

En les comblant des fruits dont se couvre la terre,
De tes heureux foyers bannira la misère,
La misère qu'un dieu justement rigoureux
Impose, pour compagne, à l'homme paresseux.
Tel que dans l'abri sombre où sa masse sommeille,
Le frelon se nourrit du nectar de l'abeille,
Tel l'homme dont jamais le soc n'arma la main,
En vivant de ses dons, épuise son voisin.
Il encourt le mépris et provoque la haine.
Recherche donc des champs les travaux et la peine,
Afin de voir, un jour, ton heureuse maison
Ployer sous le fardeau d'une riche moisson.
Les dieux à l'homme actif, comme nous, applaudissent,
Mais, pour le paresseux, comme nous le flétrissent.
La honte que jamais il ne faut dépouiller,
C'est de rester oisif, et non de travailler.
Le front que le travail incline vers la terre,
Loin d'y rester toujours courbé dans la poussière,
Se redresse plus fier pour regarder les cieux
Et s'élève pareil au front même des dieux.
Le travail, à grands pas, conduit à l'opulence :
On sent la vertu poindre et croître avec l'aisance.

Le vice lentement, non pas pourtant de loin,
Suit la lâche paresse et le sombre besoin.
L'homme qu'en l'opprimant la misère humilie,
Peut, pour s'en affranchir, y trouver l'énergie,
Et des succès d'autrui les heureux stimulants
Susciter dans son cœur de vifs et prompts élans[1].
Le riche, d'un pas fier, sait partout s'introduire,
Mais l'indigent se cache au lieu de se produire.
  Des dieux, par ton travail, mérite les bienfaits :
Ce qu'on a dérobé ne profite jamais.
Il en est qui, poussés par l'amour des richesses,
Les poursuivent au prix de toutes les bassesses :
Leur bouche, dans le mal, d'accord avec leur main,
Trame, pour acquérir, la fraude et le larcin;
Mais bientôt ce qu'ils ont bâti sur cette base,
Sous le souffle d'un dieu s'écroule et les écrase.
  Un même châtiment attend le meurtrier

---

1. Les vers d'Hésiode, qui expriment ces idées (les 317e et 318e), se trouvent presque mot pour mot aux chants XVII de l'*Odyssée* et XXIV de l'*Iliade* : ce sont les vers 347e du chant XVII de l'*Odyssée* et les vers 34e et 45e du chant XXIV de l'*Iliade*. Y aurait-il chez Hésiode une réminiscence d'Homère, qui prouverait l'antériorité de celui-ci ?

Qui, du sang de son hôte, arrose son foyer;
Le lâche séducteur dont l'ardeur adultère
Souille de feux impurs la couche de son frère;
Le voisin déloyal dont le soc clandestin
Usurpe, jour par jour, le champ de l'orphelin;
Le fils qui, jeune encor, sur le front d'un vieux père,
Du lourd poids de l'outrage aggrave la misère :
Car viendra le moment où, pesant son forfait,
Jupiter à chacun rendra ce qu'il a fait.
Nourris donc dans ton cœur l'horreur de tous ces crimes :
Souvent, sur les autels, immole des victimes,
Soit que le jour qui naît t'appelle à tes travaux,
Soit qu'en disparaissant il t'invite au repos.
Conformant à ton sort ton propre sacrifice *,
Offre l'humble brebis ou la grasse génisse,
Épanche le lait seul sur les brasiers ardents,
Ou fais monter au ciel les parfums de l'encens :
Les dieux, pour l'exaucer, écoutant ta prière,
Sèmeront de bienfaits ton heureuse carrière :
De ton champ, à vil prix, nul n'accroîtra le sien,

---

* Var. .... l'éclat du sacrifice.

Mais du sien, au contraire, agrandira le tien*.
   Convie à tes banquets un voisin serviable ;
Qu'un ennemi jamais ne s'asseye à ta table.
Sous ton toit, tout à coup, un accident vient-il
Mettre les tiens, toi-même ou tes biens en péril ;
Tes parents, pour t'aider, ajustent leur parure,
Tandis que tes amis y volent sans ceinture.
Ainsi qu'un bon voisin s'applique à te servir,
Le mauvais s'ingénie à te faire souffrir**.
Du premier près de toi s'ils fixent la demeure,
Les dieux de leur faveur t'accordent la meilleure :
Ce n'est pas celui-là qui, sourd à tes besoins***,
Laisserait ton bétail périr faute de soins.
   Persès, emprunte au poids d'une juste mesure,
Rends au terme marqué, rends même avec usure****,
Et, dans l'adversité, tu n'iras pas en vain

---

* VAR. Mais le champ de plus d'un agrandira le tien.

** VAR. Autant t'apportera de joie un bon voisin,
Autant donc le mauvais te rendra de chagrin.

*** VAR. Tu ne perdras le fruit d'aucun de tes travaux,
Et nul mal n'osera sévir sur tes troupeaux.

**** VAR. Rends ce qu'on t'a prêté, rends même avec usure.
« Nec mensura pari, sed uberiori reddendum arbitror. »
(S. AMBR., *De officiis ministrorum*, c. XXXI, n° 160.)

Implorer, en tremblant, l'aide de ton voisin *.
Abstiens-toi d'un profit que souille la rapine :
Il est, pour un cœur droit, l'égal de la ruine.
Sache aimer sans réserve un véritable ami,
Et qui te hait beaucoup, ne hais pas à demi **.
Qui ne sait faire un don ou qui ne sait le rendre,
A ceux de l'amitié jamais ne doit prétendre.
Mais une main amie offre-t-elle un présent,
Une égale amitié le reçoit et le rend.
Heureux qui sait donner, car de la bienfaisance
Il goûte dans son cœur la douce jouissance :
Le remords, au contraire, y demande soudain
Compte au larron rusé de son moindre larcin.
Amasse lentement, mais amasse sans cesse,
Afin que chaque jour ajoute à ta richesse.
Que l'ordre avec la paix règne dans ta maison,
Et que rien dans tes champs ne reste à l'abandon.
Tes biens sont-ils chez toi, Jupiter les protége,
Mais le vol au dehors constamment les assiége.

---

* Var. Réclamer les secours de ton riche voisin.

** Var. Si l'on te hait beaucoup, ne hais pas à demi.

Profite du présent et, l'œil sur l'avenir,
Contre les coups du sort songe à te prémunir.
La faim que, sur ses pas, traîne l'insouciance,
S'enfuit lorsque apparaît la sage prévoyance.
Cependant, préludant sur de plus humbles tons,
Ma muse vient t'offrir de moins graves leçons.
Pour boire à pleine coupe entame ton amphore ;
Ses flancs se vident-ils, largement bois encore :
Prends soin sur le milieu de ménager ton vin :
C'est trop tard y songer quand il tire à sa fin *.
Au travail d'un ami donne un juste salaire,
Et jamais, sans témoin, ne joue avec ton frère.
N'évite point l'excès de la crédulité
Pour tomber dans celui de l'incrédulité.
La femme, pour séduire, a les douces promesses,
La parure agaçante et les chaudes caresses :

---

* VAR. Veux-tu qu'en tes banquets une joie expansive,
En t'excitant toi-même, anime ton convive,
Ouvre donc ton cellier, et qu'un large vaisseau
Vous prodigue un vin pur vieilli dans ce caveau.
Sous le doigt qui la frappe un écho plus sonore
Trahit-il tout à coup le vide de l'amphore,
Ménage ton nectar ; mais, le vase épuisé,
Purge avec soin ses flancs d'un vin décomposé.

Sur de pareils garants si tu livres ton cœur,
Pour garder ta maison tu dois prendre un voleur.
  Un seul fils, rejeton d'une tige mortelle,
Suffit pour soutenir la maison paternelle;
Mais combien est-il doux de se voir, en mourant,
Revivre mieux encor dans un second enfant!
Où des soins plus nombreux font germer les richesses,
Jupiter prend plaisir à semer ses largesses.
Les grands biens sont toujours le prix des grands travaux.
Ne connais dans tes vœux ni bornes ni repos :
Tes fils les rempliront et, d'une ardeur commune,
Aideront, dans la tienne, à leur propre fortune.

CHANT DEUXIÈME.

Les sept filles d'Atlas recommençant leur cours,
Des travaux de Cérès vont ramener les jours :
A ces astres amis demande la loi sûre *
A laquelle tu dois soumettre ta culture.
Paraissent-ils aux cieux, entreprends tes moissons ;
Mais les ont-ils quittés, retourne tes sillons.
Pendant quarante nuits, laisse alors leur lumière
Des champs qu'ils éclairaient déserter la carrière ;
Puis aiguise aussitôt et le fer et l'acier
Qu'en instruments pour toi transforme l'ouvrier **.
Observe donc toujours une règle si sage,

---

* VAR. Leurs divers mouvements t'offrent la règle sûre, etc.
De ces astres amis que la marche brillante
Leur impose, pour toi, une règle constante.

** VAR. Puis, sans perdre de temps, pour des labeurs nouveaux,
Aiguise le tranchant du soc ou de la faux.

Soit que les flots amers baignent ton héritage,
Soit que, dans les détours d'un paisible vallon,
Il cache les trésors d'un terrain plus fécond.
Qu'il ait tes soins : faut-il que le soc le sillonne,
Que le grain l'ensemence ou la faux le moissonne?
Choisis toujours le temps où de ton lourd manteau
Tes bras, pour travailler, déposent le fardeau.
Tu verras avec toi Cérès d'intelligence
T'épargner, grâce aux fruits que sa main te dispense,
La dure extrémité d'aller, pâle de faim,
Étaler ta misère au foyer d'un voisin.
Mon cœur par la pitié s'est trop laissé surprendre;
A mes dons, à mes prêts tu ne dois plus prétendre.
Travaille, homme indolent, ne compte que sur toi,
Car les dieux du travail nous imposent la loi.
Mais peut-être irez-vous, toi, ta famille entière,
Au seuil de l'étranger porter votre prière :
Ah! d'avance attends-toi qu'un sec et froid dédain
Vous y jette bientôt l'insulte au lieu de pain *.

---

* VAR. J'y vois à vos besoins des cœurs durs et repus
Jeter, au lieu de pain, l'insulte et le refus.

Ainsi n'invoque donc que toi pour vous soustraire
Aux rigueurs du besoin et du prêt usuraire.
Avant tout, cher Persès, élève ta maison,
Choisis des bœufs dressés à tracer un sillon *,
Et qu'une jeune esclave, au sortir de l'ouvrage,
Sans trop presser leurs pas, les mène au pâturage.
Pour tes nombreux travaux, pendant les longs hivers,
Façonne de ta main des instruments divers;
Affranchi désormais de toute aide précaire,
Tu seras toujours prêt à labourer la terre.
Mais ne va pas, au gré d'un esprit incertain,
Les travaux d'aujourd'hui les remettre à demain :
Le mortel indolent qu'engourdit la paresse
N'a jamais sous son toit enfermé la richesse :
La ruine l'atteint dans son lâche repos;
Mais l'homme actif s'accroît par ses propres travaux.
Cependant, Jupiter, d'une main bienfaisante,
Répand sur la nature une eau rafraîchissante;
De l'été qui s'éteint la chaleur s'amortit;
Moins trempé de sueur notre corps s'affermit;

---

* VAR. ... instruits à tracer un sillon

L'automne approche enfin, et son avant-courrière[1],
Chaque nuit, dans les cieux allonge sa carrière;
C'est le temps de porter le fer dans les forêts :
La séve alors s'arrête en ses canaux secrets,
Et l'arbre fatigué, dépouillant sa verdure,
Offre moins d'aliment à la carie impure.
Tantôt, haut de trois pieds, façonne le mortier
Où plus haut de moitié, s'agite le levier*;
Tantôt tourne, avec art, l'essieu long et solide
Qui fait voler la roue en son orbe rapide,
Taille la large jante et les pesants maillets,
Ou bien construit le char qui parcourt les guérets.
Cependant, sur les monts ou plus bas dans la plaine,
Pour former ta charrue, abats un jeune chêne:
Ce timon vigoureux, sous les coups du marteau,
Unira, par la clef, le manche et le denteau,
Et de tes jeunes bœufs domptant la résistance,
Il fera, sur leurs fronts, peser l'obéissance.
Crains-tu que ta charrue, en rompant le terrain,

---

* Var. Tantôt d'un bois noueux façonne le mortier
Où s'agite à grand bruit le dur et lourd levier.

1. Sirius ou l'Étoile caniculaire.

Ne vienne à se briser, tout à coup sous ta main?
Que prête à recevoir, au besoin, l'attelage,
Une autre continue aussitôt ton ouvrage.
Sache donc à propos, prévoyant ouvrier,
Allonger en timon le chêne ou le laurier,
Ou, d'un orme fourchu recherchant la courbure,
Former d'un seul morceau sa solide structure.
Pour les soumettre au joug, achète deux taureaux,
Qu'ont enfin neuf printemps mûris pour tes travaux;
Plus de force, à cet âge, anime leur souplesse;
Mais plus tôt tu verrais leur folâtre jeunesse
Suspendre le sillon pour prendre ses ébats
Et briser, dans ses jeux, ta charrue en éclats.
Près d'eux place un valet dont, par quarante années,
Les mains à la fatigue ont été façonnées,
Et qui, dans un instant, a satisfait sa faim
Par quelques coups de dents qu'il jette sur le pain :
Jamais son œil distrait, en la perdant de vue,
Ne laisse, à l'abandon, s'égarer sa charrue,
Mais sa main attentive, alignant les sillons,
Y dépose le grain, gage sûr des moissons.
Souviens t'en, de la grue observe le passage :

Ses cris, au haut des airs, t'appellent à l'ouvrage;
C'est alors qu'au retour de l'hiver pluvieux,
Tu contemples ravi tes bœufs laborieux,
Tandis que ton voisin, le cœur rongé d'envie,
Déplore amèrement sa propre pénurie.
« Prête-moi, te dit-il, ton char et tes taureaux.
— Mes champs, lui réponds-tu, réclament leurs travaux. »
Fatigué de refus, alors il imagine
De construire d'un char la savante machine,
Sans songer qu'il fallait, par des soins diligents,
D'avance, en rassembler les morceaux différents.
Cependant, le soleil, ranimant la nature,
Fait briller la saison propice à la culture;
Veux-tu, sur tes greniers, voir regorger le grain?
Tu ne dois qu'au travail saluer le matin.
De tes aides nombreux que la troupe docile,
Humide ou desséché, retourne un sol fertile.
Tous les ans, donne donc deux labours à tes champs:
Plus profond le premier, les prépare au printemps;
Le second, en été, recouvrant la semence,
Dans les flancs du sillon fait germer l'abondance.
Invoque Jupiter et la chaste Cérès,

Et tu verras mûrir leurs dons dans tes guérets.
A suivre tes travaux ma muse continue.
Tandis que, d'une main, tu presses la charrue,
Et qu'à propos, de l'autre, agitant l'aiguillon,
Tu stimules tes bœufs attachés au timon,
Un aide, des oiseaux prévenant le pillage,
En recouvrant le grain achève ton ouvrage.
Ne néglige aucun soin : le désordre apauvrit,
Un ordre rigoureux, au contraire, enrichit.
Prépare tes paniers, quand l'épi vers la terre
Penche, en la balançant, sa tête moins légère *,
Et bientôt Jupiter, protégeant ta moisson,
Des trésors de tes champs remplira ta maison.
Goûte alors les douceurs d'une heureuse abondance,
Pendant que ton voisin languit dans l'indigence.
Lorsque tu veux semer, presse un dernier labour :
Du solstice d'été n'attends pas le retour,
Ou dans ton champ, couvert d'une aride poussière,
Ta main ne glanera qu'une maigre litière,

---

* VAR. Prépare tes paniers quand l'épi qu'attend l'aire
Penche, en la balançant, sa tête vers la terre.

Et craindra d'éveiller mille propos malins,
En rentrant sous ton toit tes paniers demi-pleins.
Quelquefois, cependant, t'en dérobant les causes,
Le soleil, tout à coup, change l'ordre des choses,
Et, pour les féconder, attarde ses rayons
Dans la terre où ton soc trace encor des sillons;
C'est lorsque du coucou le chant rauque et sauvage
Annonce le printemps, caché sous le feuillage :
Les blés qu'ainsi ton sol a reçus les derniers,
Bientôt, plus vigoureux, atteindront les premiers,
Si, durant quatre jours, une abondante pluie,
Y réveille les sucs de la terre engourdie,
Et cesse d'abreuver tes sillons altérés,
Quand ses flots couvriront l'herbe tendre des prés.
Sache observer les temps, à leur jour, les attendre,
Et jamais, dans leur cours, ne t'en laisser surprendre:
Tu les verras donner l'éveil à tes travaux,
Ou, pour les ménager, leur marquer le repos,
Le printemps de ses fleurs, pour toi, parer la terre,
L'automne l'inonder d'une eau moins salutaire.

Mais l'hiver va sévir, et déjà l'atelier
Attire les passants autour de son foyer.

Ce temps de l'homme actif doit augmenter l'aisance :
Garde que sa rigueur ne lasse ta constance,
Ou je te vois déjà, triste et nécessiteux,
Par les rudes chemins traîner ton pied poudreux.
Ou même, associant le crime à la paresse,
Par d'indignes moyens poursuivre la richesse.
Ne hante pas les lieux, ouverts à tous venants,
Où se perdent les jours en propos nonchalants.
Dis à tes gens : « L'été de ses tièdes journées
Nous distribue encore les heures fortunées;
Mais bientôt la froidure, interrompant son cours,
Nous dira que l'été ne peut durer toujours.
Des jours qui le suivront prévenant les injures,
Abritez le bétail sous de fermes clôtures. »

Le temps vient où le dieu qui gouverne les vents
Dans les airs, à grand bruit. déchaîne les autans.
Leur troupe, que conduit l'impétueux Borée,
Glace, en la traversant, la fertile contrée
Où paissent des coursiers les généreux troupeaux,
Et jusqu'au fond des mers va soulever leurs flots.
Tantôt, dans tous les lieux portant leur froide haleine,
Ils couvrent de frimas la montagne et la plaine

Et tantôt, sous leurs coups, ils font, avec fracas,
Tomber le pin altier et le chêne aux longs bras.
D'effroyables échos les forêts retentissent;
De rocher en rocher les arbres rebondissent,
Et, l'un sur l'autre, au loin, précipitant leurs troncs,
Courent de leurs débris encombrer les vallons.
Des antres et des bois l'habitant formidable
En regagne, en tremblant, l'asile impénétrable,
Et, dans son poil épais se tenant accroupi,
Tente en vain d'échapper au froid qui l'a saisi.
Le noir frisson étreint et la chèvre velue,
Et le bœuf vigoureux à la masse charnue,
Tandis que la brebis, même au milieu des champs,
Sur elle inoffensifs sent glisser tous les vents.
Le froid, fatal à l'homme, en hâte la vieillesse :
Toutefois de la vierge il aide la jeunesse,
Quand, ignorant Vénus, inconnue aux amours,
Aux côtés de sa mère elle passe ses jours;
Que le bain salutaire et l'onctueuse essence
De ses tendres attraits secondent la croissance,
Et que, durant l'hiver, le lit habituel
La reçoit chaque soir sous le toit paternel.

C'est alors qu'affamé dans sa retraite obscure.
Le polype se prend lui-même pour pâture,
Et que, sur l'Africain dardant des traits brûlants,
Le soleil vers la Grèce avance à pas plus lents.
L'animal qui paît l'herbe ou broute le feuillage
Et celui que la griffe arme pour le carnage,
Incessamment sur pied, errent par les forêts
Où l'arbre, au flanc des monts, presse ses rangs épais,
Grincent les dents de faim et vont, baissant la tête,
Dans l'antre ou le hallier chercher une retraite.
On dirait ces vieillards dont les membres tremblants
Soutiennent d'un appui le lourd fardeau des ans :
La neige éblouissante offense leur paupière,
Et l'œil fuit sous leurs cils sa blancheur meurtrière.
Pour toi, de tes habits que la chaude épaisseur
De ce froid pénétrant t'épargne la rigueur :
Prodigue avec la trame, avare avec la chaîne,
Sache, pour ton manteau, bien employer la laine.
Sous le moelleux tissu tes membres abrités
Jamais par le frisson ne seront contractés.
Le cuir épais du bœuf, dans la ferme chaussure,
Pour réchauffer tes pieds gardera sa fourrure.

Un bonnet, à la fois élégant et profond,
Des atteintes de l'air préservera ton front.
Des chevreaux immolés par tes mains meurtrières *,
Unis, en les cousant, les peaux par des lanières,
Et quand, avec l'hiver, le froid vient t'assaillir,
De ce souple rempart prends soin de te couvrir :
Tu pourras, de ses plis ton épaule garnie,
Des jours les plus mauvais braver l'intempérie.
Mais l'aquilon se tait ; l'aurore, qui les suit,
Succède froide encore aux flambeaux de la nuit,
Et des airs rafraîchis une vapeur légère
Tombe en douce rosée et féconde la terre.
L'Océan la reçoit par de nombreux ruisseaux,
Puis le souffle des vents déchaînés sur les flots
L'aspire, la condense, en forme des nuages,
Et bientôt à la terre il la rend en orages **.
Préviens-les : de ton seuil regagne le chemin
Dès que rien au travail ne retient plus ta main,
De peur que tout à coup, la nue en sombre averse

---

* Var. Des chevreaux que tes mains ont ravis à leurs mères.

** Var. Et bientôt à tes champs il la rend en orages.

Sur toi, du haut des airs, ne fonde et te transperce.
L'hiver te montre alors, chargé de tous les maux,
Ce mois si dur pour toi, si dur pour tes troupeaux.
N'ôte à l'homme, en ces jours, qu'un peu de nourriture,
Mais réduis, pour le bœuf, de moitié la pâture :
Durant les longues nuits le repos le refait,
Et même du besoin le sommeil le distrait *.
Que le grain que ta main ainsi lui distribue,
Sans cesse, avec les jours, augmente ou diminue ** :
Ce n'est qu'au temps marqué que Cérès fait mûrir
Les nouvelles moissons qui doivent le nourrir.
Quand l'hiver de Phœbus aura vu la lumière
Fournir soixante fois sa course journalière,
Sortant du sein des flots, Orion radieux
Le premier, chaque soir, brillera dans les cieux :
Alors, dès le matin, la plaintive hirondelle
T'annonce le printemps qui revient avec elle.
Hâte-toi : de la vigne aligne les rayons,
Ou donne, en la taillant, l'essor à ses bourgeons :

---

* Var. Ce que, pendant le jour, un dur travail lui prend,
Durant les longues nuits le repos le lui rend.

** Var. . . . s'accroisse ou diminue.

*

Tes soins viendraient trop tard, si déjà sur la plante
Errait de l'escargot la demeure ambulante*.
Mais le grain qui jaunit sollicite la faux,
Et tes gens, à ta voix, renoncent au repos :
Le sommeil dans ces jours a de douces amorces ;
Crains donc, en y cédant, d'y perdre de tes forces.
Ah ! songeant aux besoins qu'enferme l'avenir,
Rentre plutôt ce grain qui doit y subvenir.
Quitte avec le soleil la couche hospitalière :
L'aurore au jour naissant dispense la lumière ;
L'aurore, à ses regards le montrant plus matin,
De l'homme qui voyage abrége le chemin :
L'aurore dans les champs te rappelle à l'ouvrage,
Et rend plus vigoureux tes bœufs à l'attelage.
Mais déjà l'on entend des éclats de sa voix
La cigale animer le silence des bois,
Et l'on voit, dans les champs dont il fait sa conquête,
Le chardon qui fleurit dresser partout la tête :

---

* VAR. Tes soins viendraient trop tard, quand la bave gluante
Marque de l'escargot la trace sur la plante.
VAR. Tes soins viendraient trop tard, si déjà sur la plante
L'escargot conduisait sa demeure ambulante.

L'air annonce, chargé de plus lourdes chaleurs,
La saison des longs jours et des rudes labeurs.
L'été donne à la chèvre une chair savoureuse;
Il mûrit de Bacchus la liqueur généreuse,
De l'homme qu'il épuise amollit la vigueur.
Et pénètre Vénus d'une nouvelle ardeur.
 Sirius brille au ciel et règne sur le monde :
Choisis pour tes festins une grotte profonde,
Où le lait de la chèvre et le vin de Biblos
De l'urne rafraîchie épancheront leurs flots,
Et sauront humecter d'un pur et doux breuvage
Les gâteaux que tes mains ont pétris de laitage.
Là, pour calmer ta faim et flatter ton palais
Par les sucs nourriciers qu'embaument les fumets,
Le chevreau pétulant, la génisse innocente
T'offriront tour à tour leur chair appétissante.
Respire aussi le frais sous le sombre berceau
Où s'égare le cours d'un limpide ruisseau :
Le souffle du zéphir qui bruit dans le feuillage
Y viendra mollement caresser ton visage :
Bois alors, à longs traits, ton nectar capiteux;
Mais qu'une onde abondante en tempère les feux,

Et par elle, aux trois quarts, que la coupe remplie
Ne laisse à la liqueur qu'une seule partie.

Cependant, dans les cieux où brille son flambeau,
Le puissant Orion apparaît de nouveau :
Sur ton aire aplanie ordonne à tes esclaves
Du grain encor captif de briser les entraves,
Et, par le vent propice aidés dans leurs efforts,
D'épurer de Cérès les champêtres trésors :
Puis, en les mesurant, que l'argile fidèle*,
Pour te les rendre, un jour, dans ses flancs les recèle.
Tu ne crains plus la faim; songe à d'autres labeurs:
Prends, pour les accomplir, de nouveaux serviteurs;
Mais ne va pas choisir l'esclave déjà mère
Qui traîne sur ses pas une famille entière.
Aime et soigne le chien qui, terreur du larron,
Protége ton sommeil en gardant ta maison,
Et, pour les longs hivers, que ton gras pâturage
Fournisse à ton bétail la paille et le fourrage;
Mais à tes serviteurs, après tous ces travaux,

---

* VAR. Puis, en les mesurant, que la jarre fidèle,

Prends soin, comme à tes bœufs, d'accorder du repos*.
Persès, déjà l'aurore, en retardant sa course,
Va répandre ses fleurs aux pieds de la grande Ourse.
Et du milieu du ciel, où tu les vois tous deux,
Orion, Sirius vont nous darder leurs feux :
Détache donc du cep la grappe transparente,
Mais laisse du soleil la chaleur pénétrante
La nourrir en plein air, pendant dix jours entiers,
Et le frais l'humecter cinq jours dans tes celliers :
Confie, un jour après, à l'outre parfumée,
La liqueur que tes mains ont enfin exprimée.
Mais la charrue oisive a négligé tes champs;
Aux labours des sillons reviens, il en est temps :
Car, désertant les cieux, sur les pas des Hyades,
Orion, dans leur fuite, a rejoint les Pléiades.
C'est ainsi que l'année, en ordonnant leur cours,
Pour former les saisons, a réparti les jours,
Et qu'à cet ordre même asservissant l'usage,
Des rustiques travaux elle a fait le partage.
Épris d'autres désirs, sur tes vaisseaux légers,

---

* Var. Sache, comme à tes bœufs, accorder le repos.

Veux-tu de l'Océan affronter les dangers?
Consulte encor le ciel : vois-tu de sa carrière
Fuir les filles d'Atlas, emportant leur lumière?
A tes champs donne alors des instants précieux,
Mais crains pour tes vaisseaux les autans furieux.
Traîne plutôt leur nef à sec sur le rivage,
Où, fixés sur leur cale, ils braveront l'orage,
Et préviens la carie aux progrès sourds et lents,
En les purgeant de l'eau qui croupit dans leurs flancs.
Renferme les agrès et la voile rapide,
Qui leur fait, en volant, raser la plaine humide,
Et que le gouvernail, fatigué par les flots,
Au foyer suspendu se durcisse en repos.
Mais la mer est plus calme, et je vois, de la plage,
Ton vaisseau s'élancer vers un nouveau voyage.
Qu'il porte dans ses flancs, en des climats lointains,
Les produits du travail recueillis par tes mains,
Et revienne chargé, par un trafic prospère,
Des gains dont autrefois s'enrichit notre père.
C'est alors qu'il brisa le joug du dénûment
Dont Jupiter à l'homme impose le tourment.
Ah! que n'imites-tu cette noble industrie,

Qui, le poussant un jour à quitter sa patrie,
A travers l'Océan, des bords éoliens
Amenait son navire aux champs béotiens.
Non loin de l'Hélicon, un indigent village,
L'humble Ascra, l'accueillit et borna son voyage:
Ascra dont le climat, justement redouté,
Ou vous glace l'hiver, ou vous brûle l'été.
Ainsi que dans les champs tout, sur l'humide plaine,
Doit avoir et son temps et sa règle certaine.
J'aime un vaisseau léger qui vole au gré des vents,
Mais je préfère encor la nef aux larges flancs,
Qui d'Éole en fureur bravant la violence,
T'offre d'un sûr profit la brillante espérance.
Cependant, cher Persès, tente d'autres destins :
Le commerce opulent va t'étaler ses gains :
Il bannit de tes murs le fléau de la dette
Et la faim qu'à sa suite amène la disette.
Il est un art savant de guider ses vaisseaux
Sur les mers dont, au loin, retentissent les flots :
De ton frère aujourd'hui faut-il que tu l'apprenne?
Ignorant nautonier, je l'entrevis à peine
Dans ces mers où les dieux à des rois conjurés

Refusèrent les vents si longtemps désirés,
Et, brisant les liens qui retenaient leurs rames,
Les laissèrent voguer vers Troie aux belles femmes.
Les généreux enfants du sage Amphidamas
Ouvraient, sur son tombeau, de glorieux combats :
Je partis, et ma nef, s'éloignant de l'Aulide,
Me déposa bientôt dans la douce Chalcide.
Je parus dans ces jeux, et du trépied doré,
Vainqueur de ses rivaux, mon chant fut honoré :
J'offris donc, des bienfaits conservant la mémoire,
Aux filles d'Hélicon ce prix de ma victoire,
Aux lieux même où jadis, rendant ses premiers sons,
Ma lyre répéta leurs divines leçons.
Ainsi mes yeux n'ont pu que dans ce court voyage
Admirer d'un vaisseau le solide assemblage.
Mais le maître des dieux régit tout par ses lois;
Les Muses l'ont permis, apprends-les par ma voix.
Quand l'été du solstice a franchi la barrière
Et qu'il clôt, moins ardent, sa pénible carrière,
Un ciel doux et serein fait briller sur les flots
La saison sans périls, propice aux matelots :
A moins que, pour toi seul, le dieu qui, roi de l'onde,

Sous les coups du trident fait tressaillir le monde,
Ou que cet autre dieu qui, maître du destin,
A tous les immortels commande en souverain,
Des biens plus que des maux dispensateur avare,
N'abîme dans les flots ton vaisseau qu'il égare.
Alors des vents amis, répandus dans les airs,
Promènent doucement tes voiles sur les mers,
Et tes nefs, prévenant la saison pluvieuse,
Ramènent sous ton toit leur charge précieuse.
Mais crains les mauvais jours dès que des vins nouveaux
Tes mains, dans tes celliers, ont rempli leurs tonneaux :
Car l'hiver de ses pas, que glace un froid rigide,
Dans ses jours raccourcis pressant l'automne humide,
Sur les flots, où des cieux fondent de noirs torrents *,
Déchaîne du Notus les souffles turbulents.

Persès, reprends l'espoir, quand la feuille pareille
Aux pas que dans la terre imprime la corneille,
Aux branches du figuier étalant ses rayons,
Attache leur couronne aux verdoyants bourgeons.
Le printemps de la mer alors rouvre la plaine,

* VAR. Que des cieux gonflent les noirs torrents.

Et le navigateur ressaisit son domaine *.
Instruit par leurs faveurs moins que par leurs dangers,
Redoute de ces jours les instincts passagers.
Mais de la soif de l'or l'incurable folie
Saisit aveuglément ces instants qu'elle épie,
Et, bravant de la mort le présage certain,
L'homme tente la mer et poursuit son destin.
Grave donc dans ton cœur, la sagesse l'ordonne,
Ces utiles conseils que ma muse te donne.
Ta main de tes trésors peut composer deux parts:
Que l'une, sur les flots, s'abandonne aux hasards;
Mais que l'autre plus riche au toit qui la recèle
Demande, sous tes yeux, une garde fidèle.
C'est un malheur égal, et de voir ses vaisseaux,
Brisés sur les écueils, s'engloutir dans les flots,
Et de voir, sous un ciel où le tonnerre gronde,
Son char, emprisonné dans l'ornière profonde,
Sous le fardeau trop lourd succombant à la fin,
De ses essieux rompus encombrer le chemin.

Entre les deux excès se tenant ferme et sûre,

---

* Var. .... rentre dans son domaine.

La raison suit partout une juste mesure,
Et, quand il faut agir, ignorant le repos,
Elle saisit au vol le mobile à-propos.

Ni trop près, ni trop loin de la trentième année,
L'âge a donc, dans son cours, conduit ta destinée;
Hâte-toi d'épouser la vierge que quinze ans,
Fruit mûri pour l'hymen, viennent t'offrir à temps.
Tu verras, sans efforts, sa timide innocence
Accepter du devoir la chaste dépendance;
Ne choisis pas au loin, et qu'un mûr examen
Des propos malveillants préserve ton hymen.
Si ta femme t'apporte un cœur honnête et sage,
D'un bonheur assuré tu possèdes le gage,
Mais si dans les banquets promenant ses amours,
Elle allume en son sang, pour consumer tes jours,
Une ardeur qui t'épuise en s'accroissant sans cesse,
Ta compagne, à grands pas, te mène à la vieillesse.

Crains le courroux des dieux et respecte leurs lois;
D'un frère à ton ami n'accorde pas les droits;
Mais, à ton cœur séduit s'il a pu les surprendre,
Sache d'un premier tort envers lui te défendre.
Il vaut mieux à sa langue imposer le repos,

Qu'animer du mensonge un dangereux propos.
A tes biens, à ton nom, une amitié parjure
A-t-elle, en même temps, fait subir quelque injure ;
D'un double châtiment punis la trahison,
Mais au cœur repentant accorde son pardon.
Changer souvent d'amis n'est pas d'un homme sage,
Et composer ses traits ne l'est pas davantage.
Garde-toi d'imiter l'homme inhospitalier,
Mais ne sois pas non plus l'hôte du monde entier,
Et ne va pas, du mal te rendant le complice,
Détracter la vertu pour fomenter le vice.
C'est des dieux immortels que vient la pauvreté ;
Si tes dons généreux ne l'ont point assisté,
Du moins n'accable point d'un reproche sévère
L'infortuné qu'étreint la cruelle misère.
Parmi tous les trésors tiens pour le plus certain
La langue qui connaît la mesure et le frein,
Car un mot hasardé, par sa vive blessure,
En irritant l'orgueil, peut provoquer l'injure.
D'un repas qui t'appelle auprès de tes amis,
Pour ta part, ainsi qu'eux, sache acquitter le prix,
Pour peu gagner beaucoup et de la bonne grâce

T'assurer le mérite, en y prenant ta place.
Veux-tu que Jupiter ou que les autres dieux
Accueillent ta prière, en exauçant tes vœux ?
Dès qu'apparaît le jour qu'une eau limpide et pure,
Débarrasse avec soin tes mains de leur souillure,
Puis épanche le vin à la sombre couleur
De la coupe pieuse emplie en leur honneur.
Ton corps expulse-t-il une eau qui l'embarrasse;
Par pudeur, au soleil ne montre pas ta face:
As-tu durant la nuit et voyageant au loin,
Plus vif et plus pressant ressenti ce besoin;
Marchant en sens divers, nud et sans retenue,
N'arrose pas la route, ou ses bords, ou la rue,
Car à leurs chastes lois, en nous laissant les jours,
Les dieux de la nuit même ont soumis tout le cours [1];
Mais recherche plutôt, ainsi que l'homme honnête,
D'un mur ou d'un fumier l'obscurité discrète *,
Et ne cède au besoin que lorsque cet abri

---

* VAR. D'un mur ou d'un retrait l'obscurité discrète.

1. Thalès disait qu'il fallait considérer tout l'univers comme rempli de Dieu, afin de garder partout la chasteté comme dans un temple sacré. (CICÉRON, *Des Lois*, liv. II, ch. XI.)

A tes propres regards te dérobe accroupi.
N'étale point au jour, sur la laine sordide,
De tes tendres ébats la trace encore humide.
Brûles-tu d'épancher au sein que tu chéris
Les germes généreux d'où sortiront tes fils;
Laisse passer le jour, de sinistre présage;
Où t'a, sur un tombeau, conduit un triste usage,
Mais préfère l'instant où, dans des jours sereins,
Tu reviens du banquet qu'aux dieux offrent tes mains.
Ton pied, impatient de gagner l'autre rive,
Atteint-il le courant qu'alimente une eau vive;
D'abord vers ces flots purs, qui coulent sous tes yeux,
En y plongeant tes mains, fixe un regard pieux,
Puis, ayant fait aux dieux entendre ta prière,
Traverse hardiment le fleuve ou la rivière :
Dans son lit révéré si tu portais tes pas
Avant qu'à ce courant n'eussent touché tes bras,
De ces dieux offensés la colère implacable
Te punirait bientôt d'un oubli si coupable.
Dans les banquets sacrés blessant d'augustes lois,
Garde-toi de tailler les ongles de tes doigts,
Ainsi que tu réduis la pousse intempérante

Que suscite, au printemps, la séve exubérante.
Garde encor de poser, sur la coupe où ta main
Aux buveurs altérés verse des flots de vin,
Le vase aux larges flancs qui contient ce breuvage,
Ou vois-y d'un malheur le sinistre présage.
Mais veux-tu sous un toit abriter ton repos;
Une fois entrepris poursuis-en les travaux,
Ou bientôt, s'y logeant, la bruyante corneille
Y viendra de ses cris fatiguer ton oreille.
Songe, avant de toucher à ce vase d'airain
Où bouillonnent tes mets, où s'échauffe ton bain,
De l'oubli d'un devoir à t'épargner la peine,
En invoquant des dieux la bonté souveraine.
N'assieds pas où gît l'homme abattu par le temps
L'enfant de douze mois ou celui de douze ans,
Car bientôt de ce lieu la sinistre influence
Dans ses flancs énervés porterait l'impuissance.
A la source où la femme abrite sa pudeur
Ne va pas demander le bain réparateur,
Ou sois sûr que, des dieux remplissant la menace,
Le malheur, à son jour, châtiera ton audace.
Vois tu, sur les autels, des animaux offerts

La flamme dévorer la graisse avec les chairs;
De ces rites sacrés respecte le mystère,
Ou des dieux outragés redoute la colère.
La nature asservie à de pudiques soins,
Te ferait-elle encor ressentir ses besoins?
En y précipitant des matières immondes,
Du fleuve ou du ruisseau ne souille pas les ondes.
Que d'un mauvais renom un cœur droit, vertueux,
Écarte loin de toi le fardeau douloureux :
On le reçoit léger puis, enfin l'on succombe,
Et, sans le déposer, l'on descend dans la tombe.
Il est l'œuvre de tous, de progrès en progrès,
Il s'avance au grand jour, sans reculer jamais.
Ainsi la Renommée, immortelle déesse,
Dominant tous les temps leur commande en maîtresse,
Et, par la voix du peuple, aux lieux les plus lointains,
Porte, en les imposant, ses arrêts souverains.

CHANT TROISIÈME.

Jupiter sur les jours que sa main nous dispense,
Du premier au dernier étend son influence;
Mais, par un art heureux, calculant ses effets,
Des bons, tes gens et toi, distinguez les mauvais.
La lune décroissante, à sa phase dernière,
Du mois, en pâlissant, clôt-elle la carrière,
Persès, un dernier jour, éclatant de splendeur,
Vient sur tous tes travaux répandre le bonheur :
Ce jour, tandis que, calme et ferme sur son siége,
Le juge assure à tous la paix qui les protége,
Ou que d'un peuple sage inspirant les débats,
La vérité préside aux destins des États,
D'un regard attentif, parcourant ton domaine,
Rémunère, avec soin, chacun suivant sa peine.
Pourtant, il est encor des jours plus précieux :
C'est lorsque tu verras se lever dans les cieux

Le disque renaissant de la lune nouvelle,
Qu'au quatrième jour, elle apparaît plus belle,
Ou qu'au septième, enfin, le dieu brillant du jour
De son heure natale amène le retour.
Chéris pour tes travaux les faveurs du huitième,
Et ne chéris pas moins les faveurs du neuvième.
L'onzième, à tes brebis enlève leurs toisons,
Le douzième, à tes champs leurs riantes moissons *.
Des deux, c'est le meilleur; ce jour, quand l'araignée
Reprend aux murs noircis sa tâche abandonnée,
Et que, dans son terrier, la prudente fourmi
Augmente son trésor sous les feux du midi,
Attendu jusque-là, l'instant vient, pour ta femme,
Des utiles tissus d'entreprendre la trame **.
Le jour suivant, du blé voit le grain infécond
Avorter et pourrir dans les flancs du sillon,
Tandis que par tes mäins la terre labourée
Ranime de tes plants la racine altérée.

---

* VAR. L'onzième des brebis livre au fer la toison,
Le douzième à la faux tes riantes moissons.

** VAR. Des utiles tissus l'instant vient, pour ta femme,
La navette à la main, d'entreprendre la trame.

Au sol, trois jours plus tard, rendus plein de vigueur,
Sous tes yeux, sois-en sûr, ils mourraient de langueur.

Mais du mois, cependant, la seizième journée
Se montrant tour à tour funeste ou fortunée,
Ouvre au fils qui te naît un brillant avenir,
Ou, sur ton propre sang te forçant à gémir,
Elle asservit ta fille à sa triste influence,
Et, pour elle, assombrit l'hymen ou la naissance.
La sixième à ton fils, avide de succès,
Pour dot, apporte l'art des entretiens secrets,
Et cet art pire encor de flatter pour séduire,
De mentir pour s'aider, de détracter pour nuire.
Ce jour, si riche en dons par le sort départis,
Qu'il refuse à ta fille et prodigue à ton fils,
Aux soins de ton bétail se montre favorable.
Ce jour-là donc, Persès, répare ton étable;
Parmi les nouveau-nés de tes nombreux troupeaux,
Prends de jeunes béliers et de tendres chevreaux.
Et, le fer à la main, éteins dans l'impuissance
La pétulante ardeur de leur concupiscence.
Le huitième, reprends le sinistre couteau;
Dans les flancs mutilés du vigoureux taureau

De la fécondité que la source tarisse,
Et, livré, sur ses pas, à ce honteux supplice,
Pour tes joyeux banquets que l'immonde verrat
Nourrisse l'embonpoint d'un triste célibat.
Mais quatre jours après, un traitement semblable
Attendra le mulet, ton aide infatigable.
Ta femme, le vingtième, en ton heureux séjour
Engendre-t-elle un fils qu'appelait votre amour;
Tu peux te réjouir, car ce jour lui présage *
Un cœur plein de vertus, un esprit juste et sage.
De même le vingtième à l'homme nouveau-né
Promet, riche de dons, un destin fortuné :
Les dieux, dans leur bonté, l'assurent à la fille
Que le quatorzième apporte à sa famille ;
Ce jour encor, tes bœufs, tes mulets, tes béliers,
Caressés par ta main, deviennent familiers,
Et ce chien, dont tu fais un compagnon fidèle,
Apprend à revenir à la voix qui l'appelle.
Il est des jours sacrés qu'offense le chagrin :

---

* Var. Cependant, le vingtième, en ton heureux séjour,
Un fils, cher à ton cœur, te naît-il en plein jour;
A ses premiers instants ce concours lui présage.

Bannis donc la tristesse et prends un cœur serein *,
Le jour que voit deux fois, à pareille distance,
Le mois quand il finit, le mois quand il commence [1].
Sur toi si des oiseaux le vol mystérieux
Révèle, à tes regards, la volonté des dieux,
Et si ce jour d'abord s'offre le quatrième,
Conduis à ton foyer une épouse qui t'aime.
Ah ! de quel triste jour ces beaux jours sont suivis,
Du jour où les trois sœurs, les trois filles d'Éris,
De leur frère [2] outragé recherchant les injures,
Agitent les serpents sur les têtes parjures.
Il faut du dix-septième accorder les instants
Aux soins que de Cérès réclament les présents.
Ce jour, le lourd fléau sur ton aire aplanie
Dégage enfin le grain de la paille jaunie,
Et le blé, de l'ivraie avec art séparé,
Étale sur le van son trésor épuré.
Veux-tu d'un vaisseau neuf élever l'assemblage,
Ou d'un toit écroulé réparer le dommage ?

* VAR. .... et prends un front serein.

1. Le quatrième et le vingt-quatrième jour du mois.

2. Orcus, le dieu des serments.

Choisis encor ce jour, et, d'un bras vigoureux,
Abats dans la forêt le chêne aux reins nerveux ;
Enfin le quatrième, actif autant qu'habile,
Commence de ta nef l'édifice mobile.
Funeste, s'il en est encore à son matin,
Le dix-huitième, au moins, s'amende à son déclin.
Le neuvième, propice au germe dans la terre,
Protége le fœtus dans les flancs de la mère.
Les mortels ignorants apprendront-ils jamais
Ce que le vingt-septième apporte de bienfaits ?
Ce jour, tu peux, instruit par mon expérience,
De tes mulets rétifs dompter la résistance,
Soumettre au joug tes bœufs, au frein tes fiers chevaux,
D'une épaisse résine enduire tes tonneaux,
Et lancer sur la mer ce rapide navire
Que d'ais unis entre eux je t'appris à construire.
Pour le quatorzième, auguste et révéré,
Avant et plus qu'aucun il est un jour sacré * :
Le tonneau dont alors ta main fait l'ouverture
Épanche dans l'amphore une liqueur plus pure.

---

* VAR. Plus qu'aucun autre jour il est un jour sacré.

Mais du vingt-quatrième arrive encor le tour * ;
Ce jour, quand à l'aurore elle cède sa cour,
Diane te présage un bonheur que peut-être
Phœbus, à son déclin, n'oserait te promettre.
Persès, tels sont les jours dont sur tes intérêts
La puissance produit d'infaillibles effets.
Le reste sur ta vie, avec indifférence,
N'exerce qu'au hasard sa douteuse influence.
Chacun aime son jour, et souvent l'aime en vain **,
Car ce jour ne promet qu'un bonheur incertain,
Et s'il caresse ici comme une tendre mère,
Là, comme une marâtre, il frappe avec colère.
Heureux qui, pour régler le cours de ses travaux,
Consulte ces leçons et le vol des oiseaux !
Favorisé des dieux, ami de la justice,
Il ne sent point son cœur incliner vers le vice.

---

* VAR. .... arrive enfin le tour.

** VAR. Chacun aime le sien et souvent l'aime en vain.

FIN.

ERRATA.

Page 29, ligne 2, *au lieu de :* et de M. de Pongerville, *lisez :* de M. de Pongerville et de M. Barthélemy.

Page 53, vers 11, *au lieu de :* aux airs, *lisez :* aux ais.

Page 69, *au lieu de :*

N'évite point l'excès de la crédulité
Pour tomber dans celui de l'incrédulité,

Lisez :

Qui croit tout ou ne croit ni personne ni rien
De courir à sa perte a trouvé le moyen.

Page 70, vers 5, *au lieu de :* Mais combien est-il doux, *lisez :* Mais combien il est doux.

Page 78, vers 5, *au lieu de :* Et pour les féconder, *lisez :* Et pour la féconder.

Page 90, vers 2, *au lieu de :*

Et, brisant les liens qui retenaient leurs rames,

Lisez :

Et, livrant à la fin un champ libre à leurs rames.

Page 91, vers 11, *au lieu de :* ont rempli leurs tonneaux, *lisez :* ont rempli les tonneaux.

PARIS. — IMPRIMERIE DE CH. LAHURE ET Cie
Rue de Fleurus, 9

PARIS. — IMPRIMERIE DE CH. LAHURE ET Cie
Rue de Fleurus, 9

PARIS. — IMPRIMERIE DE CH. LAHURE ET Cie
Rue de Fleurus, 9

www.ingramcontent.com/pod-product-compliance
Ingram Content Group UK Ltd.
Pitfield, Milton Keynes, MK11 3LW, UK
UKHW020331180726
13839UKWH00002B/651